笛藤出版

從情境四格漫畫學日語！

清晰四格漫畫版

附
中日發音音檔
QR Code

日本人每天必説的125句

林崎惠美・山本峰規子／著

125 句就搞清楚場合、對象、和日本人流利對話大丈夫！

　　本書將一直以來深受讀者肯定的「合訂本 日本人每天必說的 125 句」改成較清晰閱讀的大開本，另外也將原本左邊直式四格漫畫、右邊解說的格式，改成由左往右較貼近原本四格漫畫的格式，解說則集中置於下方，希望大家在閱讀時，能更貼近看漫畫的連續節奏感。

　　全書分為基礎篇 5 大單元＋進階篇 6 大單元共 11 個分類，將日本人最常用的生活對話以漫畫的形式呈現給讀者，並說明使用場合、對象、不同的說法、注意事項以及常用短句，不時在對話下方附上片語文法單字的註釋，讓學習輕鬆有趣又完整！

　　在生動的漫畫帶領下，不知不覺中能更加了解日語的「語感」，看似簡單的日常會話，其實外國人常常會因用錯而鬧出笑話，甚至讓日本人感到不愉快。因此希望能藉由本書讓讀者得以在各種場合將日語用得正確、得體，並從中了解日本文化，讓自己的表達能力更加進步、更有自信地講日語喔！

本書特色

● 一目瞭然的文字敘述

不用辛苦閱讀長篇大論，本書用最簡單的介紹讓你一眼就明瞭使用的時機、對象、場合！

● 全彩四格漫畫

125 句用語搭配幽默可愛的全彩情境漫畫，生活化的內容簡單好懂，每天必說日語會話輕鬆上手！

● 豐富的延伸句

除了收錄的 125 句之外，藉由漫畫的導引可以學習到上下文的搭配方法和應答，讓日語對話更加自然！

● MP3 導讀

跟著日籍老師的錄音邊聽邊學，聽說能力一起 UP ！ UP ！記憶快速事半功倍！

◆ 基礎篇

寒暄
早上遇見鄰居、和許久不見的朋友碰面…等常用的 16 句。

餐廳
點餐、結帳時，一定要會的 13 句。

電話
在家裡、公司接起電話或手機訊號不佳時所需要的 4 句。

稱呼
看似簡單的 8 大稱謂，你知道其中隱含的陷阱嗎？

拜訪
到朋友家裡玩或拜訪客戶時，命中率 100% 的 24 句。

◆ 進階篇

道謝
獲贈禮物、接受別人的幫助…等，表達感謝之意的 6 句。

附和
會議中或同事、朋友間聊天時，讓彼此對話更流暢的 12 句。

道歉
造成別人的麻煩，甚至讓人心情感到不快時，表達歉意的 7 句。

心情
向對方表達自己目前的心情與感覺時，最常用的 17 句。

拒絕
拒絕別人的邀約、好意時，如何不讓對方感到不快？用來婉拒對方的 13 句。

評價
表達自己對某件事物的看法、評價時，必備的 5 句。

本書的使用方法

Step 1

先看句子和下方的「場合」、「對象」。

Step 2

邊聽 MP3 邊看漫畫融入情境，不要馬上看中文翻譯喔！

Step 3

接著再播放一次 MP3，邊看左邊所標示的假名並跟著覆誦。（如果對 50 音還不是很熟悉的話，可以看羅馬拼音來輔助）

Step 4

有不懂意思的句子，再參考右邊的中文翻譯哦！

目 次

寒暄

目 次

 電話

 拜訪

餐廳

 稱呼

 道謝

目次

道歉

拒絕

附和

目 次

 心情

評價

人 物 介 紹

福田家

福田 秀明（ふくだ ひであき）
福田 晴美（ふくだ はるみ）
福田 大地（ふくだ だいち）
福田 七海（ふくだ ななみ）

林家

林 光太郎（はやし こうたろう）
林 葉子（はやし ようこ）
林 結花（はやし ゆか）

棋友

加藤 一郎（かとう いちろう）

♥

山中 健（やまなか けん）

田中家

田中 満（たなか みつる）
田中 紀子（たなか のりこ）

三浦家

三浦 佳代（みうら かよ）
三浦 直人（みうら なおひと）

伊藤家

伊藤 貴之（いとう たかゆき）
伊藤 妙子（いとう たえこ）
伊藤 里奈（いとう りな）

しみず ひろし
清水 博

おおの みき
大野 未來

かわぐち きょうこ
川口 今日子

もりやま みゆき
森山 美雪

こじま じゅんこ
小島 純子

大學生

たかはし みずき
高橋 瑞季

わたなべ しおり
渡辺 紫織

さくらい ちはる
桜井 千春

きたむらのぞみ
北村 望

なかむら さとし
中村 聡

すずき けいた
鈴木 圭太

あおやま しゅんや
青山 俊也

はやかわ てつろう
早川 哲郎
（教授）

かんだ しんいち
神田 慎一
（老師）

しぶや りつこ
渋谷 律子

ほしの てるこ
星野 輝子
（茶道老師）

コアラ氏

やまもと
プニー 山本
（插畫家）

さい
蔡

かわい なつひこ
河合 夏彦

みき れいや
美木 麗也

♪ MP3 音檔請掃描 QR code 或至下方連結下載：

https://bit.ly/3rGCpqr

（※ 注意英數字母 & 大小寫區別）

■ 中文發聲｜賴巧凌

■ 日文發聲｜當銘美菜・當銘孝啓

基礎篇

1

早安
おはようございます
o ha yoo go za i ma su

場合

上午遇見認識的人。

對象

鄰居、朋友、長輩…等。

對較親近的人，可省略「ございます」。
「おはようございます」→「おはよう」。

換個説法

可用於朋友之間當天第一次碰面（即使是下午才碰面）的時候。例如：大學生在下午的課堂上碰面。

POINT!

早上遇見鄰居

♫ 001

森山さん、おはようございます。
mo.ri.ya.ma.sa.n、o.ha.yo.o.go.za.i.ma.su。

森山小姐，早安。

おはようございます。
o.ha.yo.o.go.za.i.ma.su。

早安。

駅までご一緒しませんか?
e.ki.ma.de.go.i.s.sho.shi.ma.se.n.ka?

要不要一起走到車站啊？

最近駅まで走ってるんです。
sa.i.ki.n.e.ki.ma.de.ha.shi.t.te.ru.n.de.su。

最近我都用跑的到車站。

● まで：到、到達

さあ、行きましょう!
sa.a、i.ki.ma.sho.o!

來，出發吧！

🎵 002

 おはよう!また寝坊?
o.ha.yo.o!ma.ta.ne.bo.o?

早!又睡過頭了嗎?

● また:又、再

 違うよ。午前の授業が休講だったから。
chi.ga.u.yo。go.ze.n.no.ju.gyo.o.ga.kyu.u.ko.o.da.t.ta.ka.ra。

不是啦!因為上午的課停課。

 これから学食へ行くところなんだ。
ko.re.ka.ra.ga.ku.sho.ku.e.i.ku.to.ko.ro.na.n.da。

我正要去學生餐廳。

 じゃあ、ぼくも。
ja.a、bo.ku.mo。

那麼,我也一起去。

 私のは昼食。
wa.ta.shi.no.wa.chu.u.sho.ku。

我是吃中餐。

 ぼくのはこれが朝食。
bo.ku.no.wa.ko.re.ga.cho.o.sho.ku。

對我來說則是早餐。

2.

您起得真早呢！

お<ruby>早<rt>はや</rt></ruby>いですね
o haya i de su ne

場合

早晨遇見他人時。

對象

鄰居、朋友、長輩…等。

對較親近的朋友、家人則可以說
「<ruby>今日<rt>きょう</rt></ruby>は<ruby>早<rt>はや</rt></ruby>いね。(今天可眞早起)」。

換個説法

通常用於以下幾種情況：
① 平日上班時間，大約早上8點之前。
② 假日一早。
③ 遇見平常難得早起的人時。

POINT!

♫ 003

 おはようございます。お早いですね。
o.ha.yo.o.go.za.i.ma.su。o.ha.ya.i.de.su.ne。

早安。您起得眞早呢！

ええ、早朝会議があるもので。
e.e、so.o.cho.o.ka.i.gi.ga.a.ru.mo.no.de。

嗯，因爲今天早上有個會議。

 川口さんも、いつもよりお早いですよね。
ka.wa.gu.chi.sa.n.mo、i.tsu.mo.yo.ri.o.ha.ya.i.de.su.yo.ne。

川口小姐也比平常早起呢！

● いつも：平常、往常｜● より：比、比較

今日は日帰りで出張なんですよ。
kyo.o.wa.hi.ga.e.ri.de.shu.c.cho.o.na.n.de.su.yo。

我今天要出差，而且是當天來回呢！

● 日帰り：當天來回

哥哥難得早起

♪ 004

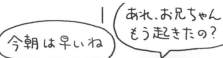

 あれ、お兄ちゃんもう起きたの？
今朝は早いね。

a.re、o.ni.i.cha.n.mo.o.o.ki.ta.no?
ke.sa.wa.ha.ya.i.ne。

咦？哥哥你已經起床了啊？
今天起得真早呢！

 今日はテストだから、昨夜は徹夜したんだ。
kyo.o.wa.te.su.to.da.ka.ra、sa.ku.ya.wa.te.tsu.ya.shi.ta.n.da。

今天要考試，所以昨晚熬夜唸書。

● テスト (test)：測驗、考試

 お兄ちゃんが勉強して早起きした…。
o.ni.i.cha.n.ga.be.n.kyo.o.shi.te.ha.ya.o.ki.shi.ta…。

哥哥居然熬夜唸書，而且還這麼早起…。

 今日は何か起きるかもしれない！
kyo.o.wa.na.ni.ka.o.ki.ru.ka.mo.shi.re.na.i!

今天搞不好會發生什麼事！

● かもしれない：說不定、也許

3.

您要出門嗎？
お出かけですか
o de ka ke de su ka

場 合

看見對方正要出門或穿著
較正式的服裝時。

對 象

鄰居、朋友、長輩…等。

換個説法

對較親近的人則可省略「ですか」。
「お出かけですか。」→「お出かけ？」或
「出かけるの？（要出去嗎？）」

POINT!

可回答
● 「ちょっとそこまで。（出去一下）」
● 「うん、ちょっと用事があって。（嗯，有一點事）」
● 「うん、ちょっと。（嗯，出去一下）」
不具體說出地點也沒關係。

在電梯遇見鄰居

♫ 005

	あら、素敵な服ですね。 **お出かけですか?** a.ra、su.te.ki.na.fu.ku.de.su.ne。 o.de.ka.ke.de.su.ka?	唉呀!好漂亮的衣服喔! 您要出門嗎?
	ええ、同窓会があるんです。 e.e、do.o.so.o.ka.i.ga.a.ru.n.de.su。	是啊!要去參加同學會。
	いいですね。いってらっしゃい。 i.i.de.su.ne。i.t.te.ra.s.sha.i。	真好呢!慢走。
	いってきます。 i.t.te.ki.ma.su。	我出門了。

♫ 006

 あれ？こんなに遅くにお出かけ？
a.re?ko.n.na.ni.o.so.ku.ni.o.de.ka.ke?

咦？這麼晚了還要出門嗎？

● こんなに：這樣、如此

 ええ、父に買い物をたのまれて。
e.e、chi.chi.ni.ka.i.mo.no.o.ta.no.ma.re.te。

嗯，爸爸叫我幫忙去買個東西。

● 頼む：委託（「頼まれる」是被動形態）

 もう夜遅いから気をつけてね。
mo.o.yo.ru.o.so.i.ka.ra.ki.o.tsu.ke.te.ne。

已經很晚了，路上小心喔！

 はい、ありがとうございます。
ha.i、a.ri.ga.to.o.go.za.i.ma.su。

好的，謝謝。

4.

出去一下
ちょっとそこまで
cho tto so ko ma de

場 合

正要出門，有人詢問時。

對 象

鄰居、朋友、長輩…等。

換個説法

① 要出門散個步時→「ちょっと散歩に。（去散個步）」。

② 要去買東西時→「ちょっと買い物に。（去買個東西）」。

③ 不想說出具體地點時→「ちょっとした用事があって。（有一點事）」。

POINT!

要去登山或旅行…等，穿著打扮和平常明顯不同時，就不能用這句話來回答喔！

♫ 007

 いいお天気ですね。お出かけですか？
i.i.o.te.n.ki.de.su.ne。o.de.ka.ke.de.su.ka?

今天天氣眞好，您要出門嗎？

 ええ、ちょっとそこまで。
e.e、cho.t.to.so.ko.ma.de。

嗯，出去一下。

 こんなにいい天気の休日なのにね～。
ko.n.na.ni.i.i.te.n.ki.no.kyu.u.ji.tsu.na.no.ni.ne～。

明明是天氣這麼好的假日。

● のに：明明、偏偏、卻…

 近所のコンビニで買い物だけなんて悲しい…。
ki.n.jo.no.ko.n.bi.ni.de.ka.i.mo.no.da.ke.na.n.te.ka.na.shi.i…。

卻只是到附近的便利商店買個東西，眞是悲哀…。

28

在電車上巧遇同學

♫ 008

あれ？どこ行<sub>い</sub くの？
a.re?do.ko.i.ku.no?

咦？妳要去哪裡呢？

うん、ちょっとそこまで。
u.n、cho.t.to.so.ko.ma.de。

嗯，出去一下。

ずいぶんおしゃれして～。さてはデートでしょ！
zu.i.bu.n.o.sha.re.shi.te～。sa.te.wa.de.e.to.de.sho!

今天穿得很漂亮，是要去約會吧！

- さては：（表示恍然大悟）原來是、那麼
- デート (date)：約會

ち、ちがうよ。ただの買_か い物_{もの} だって。
chi、chi.ga.u.yo。ta.da.no.ka.i.mo.no.da.t.te。

不、不是啦！只是要去買個東西而已。

29

5.

您好像很忙呢！

お忙(いそが)しそうですね
o isoga shi soo de su ne

場 合

看見對方一早就出門工作
或忙到沒有時間吃飯時。

對 象

鄰居、朋友。

POINT!

下列幾種情況下，則不能使用這句話，要特別注
意喔！
× 正在做有危險性的工作。
× 正在趕時間的人。
另外，遇到許久不見的人時也可用這一句話來打
招呼。

假日早晨遇見鄰居

♫ 009

 おはようございます。休日もお仕事ですか？

o.ha.yo.o.go.za.i.ma.su。kyu.u.ji.tsu.mo.o.shi.go.to.de.su.ka？

早安。假日也要上班嗎？

 ええ、どうしても月曜までに仕上げなくては
ならない仕事がありまして。

e.e、do.o.shi.te.mo.ge.tsu.yo.o.ma.de.ni.shi.a.ge.na.ku.te.wa.
na.ra.na.i.shi.go.to.ga.a.ri.ma.shi.te。

是啊！有個工作要在星期一
之前完成才行。

 お忙しそうですね。

o.i.so.ga.shi.so.o.de.su.ne。

您好像很忙呢！

 はい、年度末はいつもこうなんですよ。

ha.i、ne.n.do.ma.tsu.wa.i.tsu.mo.ko.o.na.n.de.su.yo。

是啊！年底通常都很忙。

♫ 010

いそが
忙しそうだね。
i.so.ga.shi.so.o.da.ne。

妳好像很忙呢！

そうなの。これ、今日中に済ませないと。
きょう じゅう　　　　す
so.o.na.no、ko.re、kyo.o.ju.u.ni.su.ma.se.na.i.to。

● 済む：（事情）解決、終了

是啊！這個今天一定要整理
完才行。

てつだ
手伝おうか？
te.tsu.da.o.o.ka？

● 「手伝おう」=「手伝いましょう」

要不要我來幫忙？

たす
ありがとう！助かる〜。じゃあ、
ねが
ちょっとお願い。
a.ri.ga.to.o！ta.su.ka.ru〜。ja.a、cho.t.to.o.ne.ga.i。

謝謝！真是幫了我大忙。
那麼，就麻煩妳了。

6.

真是辛苦呢！

大変ですね
たい へん
tai hen de su ne

場 合

看見對方正在做某些事時。
通常指辛苦、困難的事。

對 象

鄰居、朋友。

POINT!

可用於精神或體力上的辛勞。

常用短句

● こんなところで偶然ですね。
ぐうぜん
好巧喔！居然在這裡遇到你。

● ご存じじゃないですか？
ぞん
您知道嗎？

● 体を壊さないように気をつけて。
からだ こわ き
好好保重身體別累壞了。

♫ 011

 こんにちは。こんなところで偶然ですね。
クリスマスのお買い物ですか？

ko.n.ni.chi.wa。ko.n.na.to.ko.ro.de.gu.u.ze.n.de.su.ne。
ku.ri.su.ma.su.no.o.ka.i.mo.no.de.su.ka?

您好。好巧喔！居然在這裡遇到妳。來買聖誕節禮物嗎？

 ちがうんですよ。忘年会の幹事に当たってしまって、
ビンゴゲームの賞品を買いに来たんです。

chi.ga.u.n.de.su.yo。bo.o.ne.n.ka.i.no.ka.n.ji.ni.a.ta.t.te、
bi.n.go.ge.e.mu.no.sho.o.hi.no.ka.i.ni.ki.ta.n.de.su。

不是啦！因為被抽到當尾牙的總幹事，所以來買賓果遊戲的獎品。

 それは結構大変ですね。いい物見つかりましたか？

so.re.wa.ke.k.ko.o.ta.i.he.n.de.su.ne。i.i.mo.no.no.mi.tsu.ka.ri.ma.shi.ta.ka?

● 見つかる：找到、發現

那還真是辛苦呢！有找到適合的東西了嗎？

 それがなかなか…。川口さん、何かおすすめの物、
ご存じじゃないですか？

so.re.ga.na.ka.na.ka…。ka.wa.gu.chi.sa.n、na.ni.ka.o.su.su.me.no.mo.
no、go.zo.n.ji.ja.na.i.de.su.ka?

不是很好找…。川口小姐有沒有什麼推薦的東西呢？

在同學會

♪ 012

会うのは10年ぶりくらいになるかな。
今はどうしてる？
a.u.no.wa.ju.u.ne.n.bu.ri.ku.ra.i.ni.na.ru.ka.na。
i.ma.wa.do.o.shi.te.ru?

已經有10年左右沒見面了吧！現在過得如何？

去年職場を変えてから忙しくてね。
kyo.ne.n.sho.ku.ba.o.ka.e.te.ka.ra.i.so.ga.shi.ku.te.ne。

自從去年換了工作之後就變得很忙。

いきなり主任にされて、休みもあんまり取れないよ。
i.ki.na.ri.shu.ni.n.ni.sa.re.te、ya.su.mi.mo.a.n.ma.ri.to.re.na.
i.yo。

突然被委任爲主任，常休不到假呢！

● いきなり：突然、冷不防

それは大変だね。体を壊さないように気をつけて。
so.re.wa.ta.i.he.n.da.ne。ka.ra.da.o.ko.wa.sa.na.i.yo.o.ni.
ki.o.tsu.ke.te。

那眞是辛苦呢！保重身體別累壞了。

35

7.

辛苦你了
お疲れ様
o tsuka re sama

場合

慰問對方的辛苦時。

對象

同事、朋友、長輩。

換個説法

也可說「ご苦労様（辛苦你了）」或
「お世話様（承蒙照顧）」。

POINT!

要特別注意「ご苦労様」不能對長輩使用，「お疲
れ様」則沒有此限制。
當對方是老闆而不是職員時，用「お世話様」會比
「ご苦労様」恰當。

 お久しぶり〜。元気だった？
ひさ　　　　　　　げんき
o.hi.sa.shi.bu.ri〜。ge.n.ki.da.t.ta?

好久不見〜。過得還好嗎？

 最近引越しとか、母の体調不良とかいろいろ
さいきんひっこ　　　　はは　　たいちょうふりょう
あって、結構大変だったんだ。
けっこうたいへん
sa.i.ki.n.hi.k.ko.shi.to.ka、ha.ha.no.ta.i.cho.o.fu.ryo.o.to.ka.i.ro.i.ro.
a.t.te、ke.k.ko.o.ta.i.he.n.da.t.ta.n.da.

最近因爲搬家、媽媽又身體不適，被一大堆事情搞得亂七八糟。

 今日はやっと時間を作って来たのよ。
きょう　　　　　　じかん　つく　　き
kyo.o.wa.ya.t.to.ji.ka.n.o.tsu.ku.t.te.ki.ta.no.yo。

今天好不容易能抽出時間過來。

 そうだったんだ。お疲れ様。
つか　さま
so.o.da.t.ta.n.da。o.tsu.ka.re.sa.ma。

這樣啊…眞是辛苦妳了。

 今日はおたがい思い切り息抜きしよう！
きょう　　　　　　おも　き　いきぬ
kyo.o.wa.o.ta.ga.i.o.mo.i.ki.ri.i.ki.nu.ki.shi.yo.o!

今天我們就好好地放鬆一下吧！

● 思い切り：好好地 | ● 息抜き：喘口氣、休息一下
おも　き　　　　　　　　　　　いきぬ

♫ 014

お父さん、今日も残業だったの?
お疲れ様。
o.to.o.sa.n、kyo.o.mo.za.n.gyo.o.da.t.ta.no?
o.tsu.ka.re.sa.ma。

爸爸,今天又加班了嗎?辛苦你了。

最近仕事が忙しくてね。
sa.i.ki.n.shi.go.to.ga.i.so.ga.shi.ku.te.ne。

因爲最近工作比較忙。

体壊さないでね。
ka.ra.da.ko.wa.sa.na.i.de.ne。

別把身體累壞了喔!

うん、ありがとう。うれしいよ。
u.n、a.ri.ga.to.o。u.re.shi.i.yo。

嗯,謝謝。爸爸好開心。

8.

慢走

いってらっしゃい
i tte ra ssha i

場合

小孩要去上學、同事要
出去拜訪客戶、
鄰居要去買菜…等。

對象

沒有年齡上的限制，
從小孩到大人都可使用。

POINT!

對年紀較大的長輩時，可加上「お気をつけて。
（路上小心）」→「お気をつけていってらっしゃ
い。」。對方通常會回答「いってきます。（我出門
了！）」或點頭回應。

常用短句

● お出^でかけですか。您要出門嗎？

● がんばって！加油！

● よい旅^{たび}を！祝您有個愉快的旅行！

♫ 015

	お出かけですか？ o.de.ka.ke.de.su.ka?	您要出門嗎？
	ええ、ちょっと買い物に。 e.e、cho.t.to.ka.i.mo.no.ni.	是啊！去買個東西。
	このスーパーで先着５０人に限り 玉子1パック　８８円なんです。 ko.no.su.u.pa.a.de.se.n.cha.ku.go.ju.u.ni.n.ni.ka.gi.ri. ta.ma.go.hi.to.pa.k.ku.ha.chi.ju.u.ha.chi.e.n.na.n.de.su.	這間超市，前50名顧客可享 一盒雞蛋88圓的優惠喔！
	いってらっしゃい。がんばって！ i.t.te.ra.s.sha.i。ga.n.ba.t.te!	您慢走，加油！
	（私も行かなきゃ！） wa.ta.shi.mo.i.ka.na.kya!	（我也要快一點去才行！）

看見鄰居要出遠門

♫ 016

ゴロゴロ…
go.ro.go.ro…

拖行李的喀啦喀啦聲。

これからご旅行ですか？
ko.re.ka.ra.go.ryo.ko.o.de.su.ka?

您要去旅行嗎？

ええ、時間が取れたので、ちょっと台湾で
羽を伸ばして来ようと思って。
e.e、ji.ka.n.ga.to.re.ta.no.de、cho.t.to.ta.i.wa.n.de.
ha.ne.o.no.ba.shi.te.ko.yo.o.to.o.mo.t.te。

嗯，剛好有時間，想說去台灣無拘無束地旅行一下。

● 羽を伸ばす：自由自在、無拘無束

わあ、いいですねえ。いってらっしゃい。
よい旅を！
wa.a、i.i.de.su.ne。i.t.te.ra.s.sha.i。yo.i.ta.bi.o!

哇，真好！慢走，祝妳有個愉快的旅行。

41

9.

路上請小心
お気をつけて
o ki o tsu ke te

場 合

對方即將出門或出遠門。

對 象

○鄰居、朋友、長輩
×行動不便的人

換個說法

對較親近的人，可以省略表示尊敬的「お」。
→「気をつけて（路上小心）」、
　「気をつけてね（路上小心喔！）」。

POINT!

一般常用於：① 天候不佳時。
　　　　　　② 視線不佳時。
　　　　　　③ 目送對方離開時。
NG 對行動不便的人說這句話，反而會造成對方的
　　不快，要特別注意喔！

鄰居全家人要出遠門

🎵017

みなさん揃ってご旅行ですか?
mi.na.sa.n.so.ro.t.te.go.ryo.ko.o.de.su.ka?

全家人一起要去旅行嗎?

● 揃う:齊聚、湊在一起

はい。久しぶりに家族揃って妻の実家
に顔を出してきます。
ha.i。hi.sa.shi.bu.ri.ni.ka.zo.ku.so.ro.t.te.tsu.ma.no.ji.k.ka.
ni.ka.o.o.da.shi.te.ki.ma.su。

是的。很久沒有全家一起回老婆的娘家看看了。

いいですね〜。たしか東北の方でしたよね。
お気をつけて。
i.i.de.su.ne〜。ta.shi.ka.to.o.ho.ku.no.ka.ta.de.shi.ta.yo.ne。
o.ki.o.tsu.ke.te。

眞好呢!我記得您老家是在東北那裡嘛!路上請小心。

ありがとうございます。いってきます。
a.ri.ga.to.o.go.za.i.ma.su。i.t.te.ki.ma.su。

謝謝,那我們出門了。

43

♫018

 あ、もうこんな時間。帰らなきゃ。

a、mo.o.ko.n.na.ji.ka.n。ka.e.ra.na.kya。

● 「帰らなきゃ」=「帰らなければなりません」

啊！已經這麼晚了。我該回去了。

 外は真っ暗だよ。駅まで送るよ。

so.to.wa.ma.k.ku.ra.da.yo。e.ki.ma.de.o.ku.ru.yo。

外面很暗，我送妳到車站吧！

 大丈夫。いくら方向音痴の私でも、
歩いて3分の道のりだから。

da.i.jo.o.bu。i.ku.ra.ho.o.ko.o.o.n.chi.no.wa.ta.shi.de.mo、
a.ru.i.te.sa.n.pu.n.no.mi.chi.no.ri.da.ka.ra。

沒關係。走路才3分鐘的路程，就算是我這個路痴也不會迷路的。

 そう?じゃあ気をつけてね。

so.o?ja.a.ki.o.tsu.ke.te.ne。

真的嗎？那麼，妳路上小心喔！

10.

好久不見
お久しぶりです
o hisa shi bu ri de su

場合

遇見2、3個月以上或
久無見面的人時。

對象

親戚、朋友。

換個説法

也可說「お久しぶり（好久不見）」或
「しばらくです（好久不見）」。

在正式場合中則說「ご無沙汰しております。
（久違了）」。

常用短句

- ただいま。我回來了。
- そんなことないですよ。沒有那回事啦！
- あけましておめでとう。新年快樂。
- 相変わらずです。還是老樣子。

45

 ただいま。
ta.da.i.ma。

我回來了。

 お、帰ってきたのか。
o、ka.e.t.te.ki.ta.no.ka。

喔！妳回來啦！

 伯父さん、いらしてたんですか。お久しぶりです。
o.ji.sa.n、i.ra.shi.te.ta.n.de.su.ka。o.hi.sa.shi.bu.ri.de.su。

伯父，您來了啊！
好久不見。

● 「いらして」是「いらっしゃる（行く、来る、いる的敬語）」的口語簡略用法

隨分ときれいになったな。
zu.i.bu.n.to.ki.re.i.ni.na.t.ta.na。

變漂亮了呢！

そんなことないですよ。
so.n.na.ko.to.na.i.de.su.yo。

沒有啦！

朋友來家裡拜年

♫ 020

あけましておめでとう。随分 久しぶりだね。
a.ke.ma.shi.te.o.me.de.to.o。zu.i.bu.n.hi.sa.shi.bu.ri.da.ne。

新年快樂。好久不見了呢！

● 随分：(表程度) 很、非常

長い 間 御無沙汰しておりました。
お変わりございませんか？
na.ga.i.a.i.da.go.bu.sa.ta.shi.te.o.ri.ma.shi.ta。
o.ka.wa.ri.go.za.i.ma.se.n.ka?

好久不見了。最近過得如何？

うん、相変わらずだよ。そっちはどう？
u.n、a.i.ka.wa.ra.zu.da.yo。so.c.chi.wa.do.o?

嗯，還是老樣子啊！你呢？

● 「そっち」＝「そちら」。較口語

去年の秋に子供が生まれました。
kyo.ne.n.no.a.ki.ni.ko.do.mo.ga.u.ma.re.ma.shi.ta。

去年秋天當爸爸了。

11

您過得好嗎？

お元気ですか
o gen ki de su ka

場合

遇見久未見面的朋友時。

對象

親戚、朋友、長輩。

換個説法

對較親近的人，可省略表示尊敬的「お」。
→「元気ですか」、「元気?」。

POINT!

對象不只是對方，也可用來詢問對方家人的近況。

先生、お久しぶりです！お元気ですか？
se.n.se.i、o.hi.sa.shi.bu.ri.de.su！o.ge.n.ki.de.su.ka？

老師，好久不見。您過得好嗎？

なんとかやってるよ。今年から学生相手の仕事が増えたがね。
na.n.to.ka.ya.t.te.ru.yo。ko.to.shi.ka.ra.ga.ku.se.i.a.i.te.no.shi.go.to.ga.fu.e.ta.ga.ne。

還可以啦！從今年開始增加了一些要跟學生一起共事的工作。

そうですか。ご無理なさらないようにしてください。
so.o.de.su.ka。go.mu.ri.na.sa.ra.na.i.yo.o.ni.shi.te.ku.da.sa.i。

這樣啊！不要太過勉強身體喔！

ご心配なく。学生たちから若いパワーをもらってるから。
go.shi.n.pa.i.na.ku。ga.ku.se.i.ta.chi.ka.ra.wa.ka.i.pa.wa.a.o.mo.ra.t.te.ru.ka.ra。

不用擔心。因爲我會從學生那裡得到年輕的活力的。

● パワー (power)：力量、能量

♫ 022

こんにちは。お散歩ですか？
ko.n.ni.chi.wa。o.sa.n.po.de.su.ka？

您好。在散步嗎？

ええ。最近ご両親はお元気ですか？
e.e。sa.i.ki.n.go.ryo.o.shi.n.wa.o.ge.n.ki.de.su.ka？

是啊！您父母親最近過得好嗎？

はい、先月父が退職したんですが、
ふたりとも楽しく趣味に生きていますよ。
ha.i、se.n.ge.tsu.chi.chi.ga.ta.i.sho.ku.shi.ta.n.de.su.ga、
fu.ta.ri.to.mo.ta.no.shi.ku.shu.mi.ni.i.ki.te.i.ma.su.yo。

是，上個月父親退休了，現在兩個人都開心忙著自己的嗜好呢！

それはいいことですね。お父上に
「今度ぜひ碁のお相手を願います」
とお伝えください。
so.re.wa.i.i.ko.to.de.su.ne。o.chi.chi.u.e.ni。
「ko.n.do.ze.hi.go.no.o.a.i.te.o.ne.ga.i.ma.su」。
to.o.tsu.ta.e.ku.da.sa.i。

這樣很好呢！請向您父親轉告一聲，下次請他來陪我下盤棋。

12.

託您的福

おかげさまで
o ka ge sa ma de

場合

對方問候自己的近況時。

對象

鄰居、朋友、長輩…等。

POINT!

當對方問及自己的近況時，通常會禮貌性地回答「おかげさまで」，帶有「託您的福，我過得很好、一切很順利」的意思。

常用短句

- ありがとう。謝謝。
- よかったね。真是太好了。
- うまくやってるよ。進行得很順利啊！

在路上巧遇朋友 ♬ 023

 ここのところ顔見なかったなあ。
元気でやってた？
ko.ko.no.to.ko.ro.ka.o.mi.na.ka.t.ta.na.a。
ge.n.ki.de.ya.t.te.ta?

最近沒什麼碰到面，
過得還好嗎？

 おかげさまで元気にやってるよ。そっちは？
o.ka.ge.sa.ma.de.ge.n.ki.ni.ya.t.te.ru.yo。so.c.chi.wa?

託您的福過得很好，
你呢？

 やってることは同じだけど、去年職場を変わってね。
ya.t.te.ru.ko.to.wa.o.na.ji.da.ke.do、kyo.ne.n.sho.ku.ba.o.ka.wa.t.te.ne。

雖然都是一樣的工
作，去年換了公司。

 へえ。今度飲みながら話を聞きたいな。
he.e。ko.n.do.no.mi.na.ga.ra.ha.na.shi.o.ki.ki.ta.i.na。

這樣啊！下次邊喝酒
邊聊吧！

 おっ、いいね！
o、i.i.ne!

喔！好啊！

● ながら：邊…邊…、一面…一面…

52

朋友最近交了男友

♫ 024

聞いたよ。彼氏できたんだって？よかったね。
ki.i.ta.yo。ka.re.shi.de.ki.ta.n.da.t.te?yo.ka.t.ta.ne。

我聽說了喔！聽說妳交了男朋友？眞是太好了。

うん、ありがとう。おかげさまでうまくやってるよ。
u.n、a.ri.ga.to.o。o.ka.ge.sa.ma.de.u.ma.ku.ya.t.te.ru.yo。

嗯，謝謝。託妳的福一切很順利。

ところで、そっちはどうなの？
to.ko.ro.de、so.c.chi.wa.do.o.na.no?

話說回來，那妳呢？

● ところで：（轉換話題時用）

そこのところは聞かないで…。
so.ko.no.to.ko.ro.wa.ki.ka.na.i.de…。

請別問我這個問題…。

13.

代我向～問好

～さんによろしく
san ni yo ro shi ku

場　合

請對方替自己向他人問好。

對　象

親戚、朋友。

POINT!

請對方代替自己向某人問好。例如：對方的父母或當天沒有出席聚會的人…等。

常用短句

● 元気だった？ 最近過得還好嗎？

● じゃあまたね! 再見！

● 楽しかった! 很快樂！

要去學校時巧遇同學

♫ 025

偶然だね。元気だった？
gu.u.ze.n.da.ne。ge.n.ki.da.t.ta?

真巧！最近過得好嗎？

元気元気！これからバイトに行くところなんだ。
そっちは？
ge.n.ki.ge.n.ki!ko.re.ka.ra.ba.i.to.ni.i.ku.to.ko.ro.na.n.da。
so.c.chi.wa?

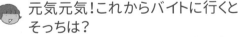
● バイト＝「アルバイト」，打工

過得很好！我正好要去
打工，妳呢？

これからゼミで渡辺さんにも会うよ。
ko.re.ka.ra.ze.mi.de.wa.ta.na.be.sa.n.ni.mo.a.u.yo。

● ゼミ＝「ゼミナール」，（大學）課堂研討

等一下要討論專題，也
會跟渡邊見面喔！

そうなんだ。渡辺さんによろしく。
じゃあまたね！
so.o.na.n.da。wa.ta.na.be.sa.n.ni.yo.ro.shi.ku。

ja.a.ma.ta.ne!

這樣啊！那代我向渡邊
問好。下次再見囉！

久々に思い切りおしゃべりできて楽しかった！
hi.sa.bi.sa.ni.o.mo.i.ki.ri.o.sha.be.ri.de.ki.te.ta.no.shi.ka.t.ta!

好久沒有盡情地聊天了，好開心！

私もよ。
wa.ta.shi.mo.yo。

我也是！

今度はみんなで集りたいね。
ko.n.do.wa.mi.n.na.de.a.tsu.ma.ri.ta.i.ne。

下次大家一起聚一聚吧！

● 集まる：聚集、集中

それもいいね。じゃあまた。
so.re.mo.i.i.ne。ja.a.ma.ta。

好啊！那下次再見！

ご家族にもよろしくね。
go.ka.zo.ku.ni.mo.yo.ro.shi.ku.ne。

也代我向妳的家人問好。

14.

請好好保重

お大事に
だい　じ
o　dai　ji　ni

場 合

對方身體不適、受傷、
住院中或剛出院時。

對 象

親戚、朋友、長輩。

POINT!

此時可回答
「いろいろご親切にありがとうございます。（謝謝您
的關心）」。
しんせつ

常用短句

● どうしたの？
　你怎麼了？（注意到對方臉色不好或是情緒不佳
　時用）
● たいしたことではない。
　沒有什麼大不了的。（表示「不值得一提的」）

57

♫ 027

どうしたの？顔色悪いよ。
do.o.shi.ta.no?ka.o.i.ro.wa.ru.i.yo。

怎麼了？臉色很不好喔！

昨日から熱があって。やっぱり病院に行ってくる。
ki.no.o.ka.ra.ne.tsu.ga.a.t.te。ya.p.pa.ri.byo.o.i.n.ni.
i.t.te.ku.ru。

從昨天就開始發燒，我看我還是去看個醫生。

今日は休むって伝えておいてもらえる？
kyo.o.wa.ya.su.mu.t.te.tsu.ta.e.te.o.i.te.mo.ra.e.ru?

可以幫我跟老師請個假嗎？

うん、いいよ。
u.n、i.i.yo。

嗯，好啊！

気をつけてね。お大事に。
ki.o.tsu.ke.te.ne。o.da.i.ji.ni。

路上小心。請好好保重。

朋友看起來無精打采

♫ 028

青山、気のせいか最近ちょっと表情が冴えないな。

a.o.ya.ma、ki.no.se.i.ka.sa.i.ki.n.cho.t.to.hyo.o.jo.o.ga.sa.e.na.i.na。

青山，也許是我多想了，最近你看起來不太開心呢！

● 冴える：（顔色）鮮明，也可用來比喻「臉色、表情」

そう？親父が今入院してるせいかもしれない。

so.o?o.ya.ji.ga.i.ma.nyu.u.i.n.shi.te.ru.se.i.ka.mo.shi.re.na.i。

是嗎？可能是因為我爸住院吧！

それは心配だなあ。お大事に。

so.re.wa.shi.n.pa.i.da.na.a。o.da.i.ji.ni。

一定很擔心吧！請（您父親）好好保重。

ありがとう。たいしたことなくて来週退院できるんだけどね。

a.ri.ga.to.o。ta.i.shi.ta.ko.to.na.ku.te.ra.i.shu.u.ta.i.i.n.de.ki.ru.n.da.ke.do.ne。

謝謝，不是什麼大病，下個禮拜就可以出院了。

15.

初次見面
はじめまして
ha ji me ma shi te

場合

和對方初次見面時。

對象

初次見面的人。

換個説法

在正式場合中可說「初めてお目にかかります。（初次見到您）」。

POINT!

曾聽過對方名字，但是初次見面時，則可說「以前からおうわさは伺っておりました。（久仰大名）」或「いつもおうわさは伺っておりました。（常常聽說您的事情）」。

 ピンポーン
pi.n.po.o.n

（按電鈴的）叮咚聲。

 おお、よく来たな。入って。
o.o、yo.ku.ki.ta.na。ha.i.t.te。

- 「入って」=「入ってください」

喔喔！你來了啊！請進。

 こんにちは。はじめまして。
川村君のクラスメイトの三浦です。
ko.n.ni.chi.wa。ha.ji.me.ma.shi.te。
ka.wa.mu.ra.ku.n.no.ku.ra.su.me.i.to.no.mi.u.ra.de.su。

您好，初次見面。
我是川村的同班同學，我姓三浦。

 どうぞゆっくりしていってね。
do.o.zo.yu.k.ku.ri.shi.te.i.t.te.ne。

- ゆっくり：慢慢、好好地

請慢坐啊！

朋友聚會

♫ 030

 こんばんは。
ko.n.ba.n.wa。

晚安。

 はじめまして。鈴木君と同じサークルの青山です。
ha.ji.me.ma.shi.te。su.zu.ki.ku.n.to.o.na.ji.sa.a.ku.ru.no.a.o.ya.ma.de.su。

● サークル (circle)：同好會、社團

初次見面，我是和鈴木同社團的青山。

 はじめまして。私は高橋さんの友人の桜井です。
ha.ji.me.ma.shi.te。wa.ta.shi.wa.ta.ka.ha.shi.sa.n.no.yu.u.ji.n.no.sa.ku.ra.i.de.su。

初次見面，我是高橋的朋友，我姓櫻井。

 どうぞよろしく。
do.o.zo.yo.ro.shi.ku。

請多多指教。

 どうぞよろしく。
do.o.zo.yo.ro.shi.ku。

請多多指教。

16.

冒昧請問一下
失礼ですが
しつ　れい
shitsu rei de su ga

場合

詢問對方的姓名、年齡時。

對象

不認識的人、長輩。

POINT!

向對方詢問較私人的問題（年齡等）時，一般較常用「失礼ですが」，而不用「すみません」。
しつれい

常用短句

- どちら様ですか。請問您是哪位呢？
  さま
- おいくつですか。請問您貴庚呢？
- まだまだお若いですよ。還很年輕呢！
  わか

 ハッ！
ha!

咦！（表驚訝）

 失礼ですが、
文学部の早川先生でしょうか？
shi.tsu.re.i.de.su.ga、
bu.n.ga.ku.bu.no.ha.ya.ka.wa.se.n.se.i.de.sho.o.ka?

冒昧請問一下，您是文學部的早川老師嗎？

 そうですが。どちら様ですか？
so.o.de.su.ga。do.chi.ra.sa.ma.de.su.ka?

是的，請問您是哪位呢？

 最近先生のご本を読ませていただいた者です。
sa.i.ki.n.se.n.se.i.no.go.ho.n.o.yo.ma.se.te.i.ta.da.i.ta.mo.no.de.su。

最近拜讀了老師所寫的書，我是您的讀者。

電視節目訪問

♫ 032

おばあちゃん、お元気そうですね。
失礼ですがおいくつですか?
o.ba.a.cha.n、o.ge.n.ki.so.o.de.su.ne。
shi.tsu.re.i.de.su.ga.o.i.ku.tsu.de.su.ka?

婆婆看起來很健康呢！冒昧
請問一下您今年貴庚呢？

私はもう今年で８０ですよ。
wa.ta.shi.wa.mo.o.ko.to.shi.de.ha.chi.ju.u.de.su.yo。

我今年已經80歲了喔！

えっ、まだ６０代後半かと思いました。
e、ma.da.ro.ku.ju.u.da.i.ko.o.ha.n.ka.to.o.mo.i.ma.shi.ta。

咦？我以為您才60多歲左右
呢！

まだまだお若いですよ。
ma.da.ma.da.o.wa.ka.i.de.su.yo。

還很年輕呢！

あら、そうですか〜。
a.ra、so.o.de.su.ka〜。

唉呀！是這樣嗎？

17

是，這裡是～
はい、〜です
ha　i　　de　su

場合

接起電話時。
在公司一般先報上公司名稱，
在家則報上姓氏。

對象

打電話來的人。

POINT!

- 打電話到他人家裡時，需先報上姓名，然後再問「〜さんはいらっしゃいますか。」、「〜さんはご在宅（ざいたく）ですか。」。
- 打手機時因爲是直接打給本人，朋友之間不報名字並不會造成失禮。
- 一大早時用「朝早（あさはや）くから申（もう）しわけありませんが。」。
- 晚上時用「夜分遅（やぶんおそ）くにすみませんが。」。

在家裡

♫ 033

はい、川村です

（拿起話筒的聲音）
ガチャ

三浦です

明日の運動会ですが、中止になりましたのでお電話しました

（點頭）コクリ

わかりました

わざわざありがとうございます

リーン
ri.i.n

（電話的）鈴聲。

はい、川村です。
ha.i、ka.wa.mu.ra.de.su。

是，這裡是川村家。

三浦です。明日の運動会ですが、中止になりましたのでお電話しました。
mi.u.ra.de.su。a.shi.ta.no.u.n.do.o.ka.i.de.su.ga、
chu.u.shi.ni.na.ri.ma.shi.ta.no.de.o.de.n.wa.shi.ma.shi.ta。

我是三浦。我是來通知明天運動會取消的事。

わかりました。
わざわざありがとうございます。
wa.ka.ri.ma.shi.ta。
wa.za.wa.za.a.ri.ga.to.o.go.za.i.ma.su。

我知道了。
謝謝您特地打電話來。

 ドタドタ
do.ta.do.ta

噠噠噠（腳步聲）。

 はい、ビストロ１０１でございます。
ha.i、bi.su.to.ro.i.chi.ma.ru.i.chi.de.go.za.i.ma.su。

是，這裡是101法式餐廳。

- 「でございます」是「です」的敬語

 明日の夜７時で予約をしたいんですが。
a.shi.ta.no.yo.ru.shi.chi.ji.de.yo.ya.ku.o.shi.ta.i.n.de.su.ga。

我想預約明天晚上7點。

 ありがとうございます。何名様でしょうか？
a.ri.ga.to.o.go.za.i.ma.su。na.n.me.i.sa.ma.de.sho.o.ka？

謝謝。請問幾位呢？

18.

請問您是哪位呢？

どちら様でしょうか

do chi ra sama de shoo ka

場合

當對方打電話來，
卻沒有主動報上名字時。

對象

打電話來的人。

換個説法

也可以說「失礼ですがどちら様でしょうか。（不好意思，請問是哪位呢？）」，千萬不可說「誰ですか。（你是誰？）」。

POINT!

若想再次詢問對方的名字時，可說
「失礼ですがお名前が聞き取れませんでしたので
もう一度お願いいたします。（不好意思，我剛才
沒聽清楚您的大名，麻煩您再說一次）」。

もしもし。
mo.shi.mo.shi。

喂。

未来さんお願いします。
mi.ki.sa.n.o.ne.ga.i.shi.ma.su。

請幫我接未來小姐。

失礼ですが、どちら様でしょうか？
shi.tsu.re.i.de.su.ga、do.chi.ra.sa.ma.de.sho.o.ka?

冒昧請問一下，請問您是哪位呢？

すみません。申し遅れました。
su.mi.ma.se.n。mo.o.shi.o.ku.re.ma.shi.ta。

不好意思。我忘了先報上名字。

未来さんの高校の同級生で川口と申します。
同窓会の件でお電話しました。
mi.ki.sa.n.no.ko.o.ko.o.no.do.o.kyu.u.se.i.de.ka.wa.gu.chi.
to.mo.o.shi.ma.su。do.o.so.o.ka.i.no.ke.n.de.o.de.n.wa.shi.
ma.shi.ta。

我是未來的高中同學，敝姓川口。我是打電話來聯絡有關於同學會的事。

高中同學打電話來

♫ 036

もしもし、高橋さん？
mo.shi.mo.shi、ta.ka.ha.shi.sa.n?

● ダラダラ：悠閒漫無目的的樣子

喂，是高橋嗎？

どちら様でしょうか？
do.chi.ra.sa.ma.de.sho.o.ka?

請問您是哪位呢？

笛藤高校で一緒だった日野です。
覚えてますか？
deeten.ko.o.ko.o.de.i.s.sho.da.t.ta.hi.no.de.su。
o.bo.e.te.ma.su.ka?

我是跟妳唸同所笛藤高中的日野。還記得嗎？

ああ、もしかしてあの日野君！？
a.a、mo.shi.ka.shi.te.a.no.hi.no.ku.n!?

● ガバッ：突然…

啊啊～你該不會是那個日野!?

71

19.

現在方便（講電話）嗎？

今お時間よろしいでしょうか
ima　o　ji　kan　yo　ro　shi　i　de　shoo　ka

場合

電話撥通後，詢問對方
是否方便講電話時。

對象

接電話的人。

換個説法

也可以說「今、お話ししてもよろしいでしょうか。
（現在方便講電話嗎？）」、「今お時間大丈夫
でしょうか。（現在時間上方便嗎？）」。
對朋友則可說「今平気?」、「今大丈夫?」。

POINT!

尤其是打對方的手機時，禮貌上會先詢問對方是
否方便講電話。

電話

打電話給老師

♪ 037

 もしもし。
mo.shi.mo.shi。

喂。

 神田先生でしょうか？笛藤高校で
お世話になった高橋です。お久しぶりです。
ka.n.da.se.n.se.i.de.sho.o.ka?deeten.ko.o.ko.o.de.
o.se.wa.ni.na.t.ta.ta.ka.ha.shi.de.su。o.hi.sa.shi.bu.ri.de.su。

是神田老師嗎？我是在笛藤
高中承蒙您照顧的高橋。好
久不見。

 今お時間よろしいでしょうか？
i.ma.o.ji.ka.n.yo.ro.shi.i.de.sho.o.ka?

現在方便（講電話）嗎？

 ああ、高橋君か。随分久しぶりだね。
どうしたの？
a.a、ta.ka.ha.shi.ku.n.ka。zu.i.bu.n.hi.sa.shi.bu.ri.da.ne。
do.o.shi.ta.no？

啊啊！是高橋啊！真的是好
久不見了。有什麼事嗎？

🎵 038

もしもし、お母さん？私。
mo.shi.mo.shi、o.ka.a.sa.n？wa.ta.shi。

喂，媽媽？是我。

どうしたの？急に電話かけてきたりして。
do.o.shi.ta.no？kyu.u.ni.de.n.wa.ka.ke.te.ki.ta.ri.shi.te。

怎麼了？突然打電話回來。

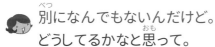
別になんでもないんだけど。
どうしてるかなと思って。
be.tsu.ni.na.n.de.mo.na.i.n.da.ke.do。
do.o.shi.te.ru.ka.na.to.o.mo.t.te。

沒什麼事啦！想說不曉得妳
最近過得如何。

今時間いい？
i.ma.ji.ka.n.i.i?

現在方便（講電話）嗎？

うん、大丈夫よ。
u.n、da.i.jo.o.bu.yo。

嗯，可以啊！

20.

電話聲音有點小
お電話が遠いのですが
o den wa ga too i no de su ga

場合

電話中聽不清楚對方的
聲音時。

對象

接電話的人。

換個説法

也可以說
「お電話が遠いのですが、もう一度お願いします。
（電話聲音有點小，麻煩您再說一次）」。
另外，在前面加上「ちょっと」，感覺更委婉。
→「ちょっとお電話が遠いのですが」。

POINT!

「聞こえません。（我聽不見）」、
「声が小さすぎます。（你的聲音太小聲了）」
則顯得失禮。

♫ 039

 もしもし。
mo.shi.mo.shi。

喂。

 川口さんですか?森山です。
明日の食事会についてなんですが。
ka.wa.gu.chi.sa.n.de.su.ka?mo.ri.ya.ma.de.su.
a.shi.ta.no.sho.ku.ji.ka.i.ni.tsu.i.te.na.n.de.su.ga。

川口小姐嗎?我是森山。
有關明天餐會的事…。

 すみません、今移動中なんです。
受信状態がよくないようで、お電話が遠いの
ですが。
su.mi.ma.se.n、i.ma.i.do.o.chu.u.na.n.de.su.
ju.shi.n.jo.o.ta.i.ga.yo.ku.na.i.yo.o.de、o.de.n.wa.ga.to.o.i.no.
de.su.ga。

不好意思,我現在正在走
路。收訊好像不是很好,
電話聲音有點小。

 10分後にこちらからかけ直してもいいですか?
ju.p.pu.n.go.ni.ko.chi.ra.ka.ra.ka.ke.na.o.shi.te.mo.i.i.de.su.ka?

我10分鐘後再打給妳,可
以嗎?

朋友打電話來

♫ 040

もしもし。 mo.shi.mo.shi。	喂。
渡辺さんのお宅ですか？ 紫織さんはご在宅ですか？ wa.ta.na.be.sa.n.no.o.ta.ku.de.su.ka？ shi.o.ri.sa.n.wa.go.za.i.ta.ku.de.su.ka？	請問是渡邊家嗎？紫織小姐在家嗎？
もしもし。ちょっとお電話が遠いのですが、どちら様でしょうか？ mo.shi.mo.shi。cho.t.to.o.de.n.wa.ga.to.o.i.no.de.su.ga、do.chi.ra.sa.ma.de.sho.o.ka？	喂。電話聲音有點小，請問是哪位呢？
高橋と申します！！ ta.ka.ha.shi.to.mo.o.shi.ma.su！！	敝姓高橋！！

21.

失陪了・不好意思
ごめんください
go men ku da sa i

場合

告辭時。
按門鈴後。

對象

客戶、朋友、長輩…等。

POINT!

一般常用於：
① 到對方家裡拜訪完後，要起身告辭時。
② 掛電話時。
③ 到對方家裡拜訪，按了門鈴卻沒有人前來應門時。

常用短句

● わざわざお越しいただきありがとうございました。
謝謝您專程來訪。
● どなたかいらっしゃいますか。有人在家嗎？
● いらっしゃい。歡迎光臨。

到客戶家中拜訪

🎵 041

今日はお忙しいところ、ありがとうございました。
kyo.o.wa.o.i.so.ga.shi.i.to.ko.ro、a.ri.ga.to.o.go.za.i.ma.shi.ta。

今天謝謝您百忙之中撥空。

いえ、こちらこそ。わざわざお越しいただき、
ありがとうございました。
i.e、ko.chi.ra.ko.so。wa.za.wa.za.o.ko.shi.i.ta.da.ki、
a.ri.ga.to.o.go.za.i.ma.shi.ta。

不，我才要謝謝您專程
過來一趟。

では、こちらで失礼いたします。
de.wa、ko.chi.ra.de.shi.tsu.re.i.i.ta.shi.ma.su。

那麼，我先告辭了。

ごめんください。
go.me.n.ku.da.sa.i。

失陪了。

ごめんください。
go.me.n.ku.da.sa.i。

失陪了。

79

 ピンポーン
pi.n.po.o.n

（按電鈴的）叮咚聲。

 ごめんください。
どなたかいらっしゃいますか?
go.me.n.ku.da.sa.i。
do.na.ta.ka.i.ra.s.sha.i.ma.su.ka?

不好意思，有人在家嗎？

● どなた是「誰」的尊敬說法

 お留守かな?ごめんくださーい!
o.ru.su.ka.na?go.me.n.ku.da.sa.a.i!

不在家嗎？不好意思～！

● 留守：出門、不在家

 いらっしゃい!
i.ra.s.sha.i!

歡迎！

22.

打擾了

お邪魔します

じゃ　ま

o　ja　ma　shi　ma　su

場　合

進入別人家裡或房間時。

對　象

拜訪的對象或對方的家人。

POINT!

通常用於：
- 在玄關（還未脫鞋前）。
- 進到對方家裡但還未坐下時。

另外，當下次再碰面時，禮貌性會向對方道謝。

「先日は大変お邪魔をいたしました。（前幾天打

せんじつ　たいへん　じゃ　ま

擾您了）」。

♫ 043

 おばさん、こんにちは。
o.ba.sa.n、ko.n.ni.chi.wa。

伯母，您好。

 これ、つまらない物ですが、どうぞ召し上がってください。
ko.re、tsu.ma.ra.na.i.mo.no.de.su.ga、do.o.zo.me.shi.a.ga.t.te.
ku.da.sa.i。

這是一點點小心意，請享用。

 わざわざありがとう。
wa.za.wa.za.a.ri.ga.to.o。

妳還特地帶東西來，謝謝。

 さあ、どうぞ上がって。うちの子、すぐ降りてきますから。
sa.a、do.o.zo.a.ga.t.te。u.chi.no.ko、su.gu.o.ri.te.ki.ma.su.ka.ra。

來，請進！那孩子馬上就下來了。

 はい、お邪魔します。
ha.i、o.ja.ma.shi.ma.su。

好，打擾了。

看見朋友的父親

♪ 044

拜訪

お父さん、こちら福田七海さん。
o.to.o.sa.n、ko.chi.ra.fu.ku.da.na.na.mi.sa.n。

爸爸，這位是福田七海。

お邪魔します。
o.ja.ma.shi.ma.su。

打擾了。

いらっしゃい。いつもうちの里奈が
お世話になってるそうですね。
i.ra.s.sha.i、i.tsu.mo.u.chi.no.ri.na.ga.
o.se.wa.ni.na.t.te.ru.so.o.de.su.ne。

歡迎。我們家的里奈平日受妳照顧了。

いいえ、こちらこそお世話になってます。
i.i.e、ko.chi.ra.ko.so.o.se.wa.ni.na.t.te.ma.su。

不，我才是經常受到她的照顧。

23.

打擾了
お邪魔しております
o ja ma shi te o ri ma su

場合

到朋友的家裡…等拜訪時。

對象

拜訪的人或對方的家人。

POINT!

用於以下 2 種情況下：
- 進入對方家裡（脫鞋子後）。
- 進了門之後，遇見對方家人時。

常用短句

- 早^{はや}くしてくれ。

早くしてくれ。
快一點。
- どうぞごゆっくりしていってね。
請慢坐。

在教授的研究室

♫ 045

ガチャ
ga.cha

開門聲。

先生、お久しぶりです。お邪魔しております。
se.n.se.i、o.hi.sa.shi.bu.ri.de.su。o.ja.ma.shi.te.o.ri.ma.su。

老師，好久不見。打擾了。

お、高橋くん。久しぶりだね。どうしたの？
o、ta.ka.ha.shi.ku.n。hi.sa.shi.bu.ri.da.ne。
do.o.shi.ta.no?

喔！是高橋啊！好久不見了呢！有什麼事嗎？

アメリカ留学が決まったので、ご報告にまいりました。
a.me.ri.ka.ryu.u.ga.ku.ga.ki.ma.t.ta.no.de、
go.ho.o.ko.ku.ni.ma.i.ri.ma.shi.ta。

因爲決定要去美國留學了，所以來向老師報告一聲。

● 「参る」是「来る」的謙遜語

85

♫ 046

 おーい、早くしてくれ〜。
o.o.i、ha.ya.ku.shi.te.ku.re〜。

喂！快一點出來〜

 あ、北原さん。来ていたの？
a、ki.ta.ha.ra.sa.n。ki.te.i.ta.no？

啊！北原小姐，妳來了啊！

 はい、お邪魔しております。
お先に失礼しました。
ha.i、o.ja.ma.shi.te.o.ri.ma.su。
o.sa.ki.ni.shi.tsu.re.i.shi.ma.shi.ta。

是，打擾了。
剛才失禮了。

 いや、こちらこそご無礼しました。あの、
どうぞゆっくりしていってね…。
i.ya、ko.chi.ra.ko.so.go.bu.re.i.shi.ma.shi.ta。a.no、
do.o.zo.yu.k.ku.ri.shi.te.i.t.te.ne…。

不，是我失禮了。
請慢坐啊！

● 無礼：沒有禮貌、失禮

24.

歡迎您來！

ようこそいらっしゃいました
yoo ko so i ra ssha i ma shi ta

場合

訪客前來拜訪，
表示歡迎時。

對象

訪客。

換個説法

對晚輩可說「いらっしゃい。（歡迎）」。

對長輩說

「ようこそおいでくださいました。（歡迎您來）」、

「お越しいただき誠にありがとうございます。
（歡迎您大駕光臨）」則更有禮貌。

 田中さん、こんにちは。ようこそいらっしゃいました。
ta.na.ka.sa.n、ko.n.ni.chi.wa。yo.o.ko.so.i.ra.s.sha.i.ma.shi.ta。

田中先生，您好。
歡迎您來。

 あれ？上の子？随分大きくなったね。
久しぶり。
a.re?u.e.no.ko?zu.i.bu.n.o.o.ki.ku.na.t.ta.ne。hi.sa.shi.bu.ri。

咦？你是老大嗎？
已經長大了呢！
好久不見。

 どうぞごゆっくりなさってください。
do.o.zo.go.yu.k.ku.ri.na.sa.t.te.ku.da.sa.i。

請慢坐。

● 「なさる」是「する」、「なす」的敬語，爲、做

 もうすっかり大人びた言葉遣いして、
感心だなあ。
mo.o.su.k.ka.ri.o.to.na.bi.ta.ko.to.ba.zu.ka.i.shi.te、
ka.n.shi.n.da.na.a。

說話也已經有大人樣
了，眞厲害啊！

● すっかり：完全、全部 | ● 〜びる〔接尾〕：像…樣子、看上去好像… | ● 感心：佩服、贊同

88

親戚到家中拜訪

♫ 048

 叔母（おば）さん、ようこそいらっしゃいました。
o.ba.sa.n、yo.o.ko.so.i.ra.s.sha.i.ma.shi.ta。

伯母，歡迎您來。

あら、おうちにいたの。久（ひさ）しぶりね。
元気（げんき）そうで何（なに）より。
a.ra、o.u.chi.ni.i.ta.no。hi.sa.shi.bu.ri.ne。
ge.n.ki.so.o.de.na.ni.yo.ri。

唉呀，妳在家啊！好久不見呢！
看到妳這麼有精神眞是太好了。

 お茶（ちゃ）をどうぞ。
o.cha.o.do.o.zo。

請喝茶。

 まあ、ありがとう。
あなたもこっちで一緒（いっしょ）にどう？
ma.a、a.ri.ga.to.o。
a.na.ta.mo.ko.c.chi.de.i.s.sho.ni.do.o?

唉呀！謝謝。
妳要不要也過來跟我們一起聊天
呢？

● 「こっち」＝「こちら」，較口語

89

25.

請進！
どうぞお上がりください
doo zo o a ga ri ku da sa i

場合

請對方進屋時所說的話。

對象

訪客。

換個説法

對朋友可說「あがって（進來吧！）」、
「入ったら？（進來吧？）」。
謙虛一點的說法是
「むさくるしいところですが、どうぞお上がりくださ
い。（屋舍簡陋，還請見諒。請進）」。

客戶到家中拜訪

♫ 049

拝訪

ピンポーン
pi.n.po.o.n

（按電鈴的）叮咚聲。

ドキドキ
do.ki.do.ki

緊張時的心跳聲。

はじめまして。3時（さんじ）にお約束（やくそく）を
させていただいた川口（かわぐち）です。
ha.ji.me.ma.shi.te。sa.n.ji.ni.o.ya.ku.so.ku.o.
sa.se.te.i.ta.da.i.ta.ka.wa.gu.chi.de.su。

初次見面，我是和您約
3點見面的川口。

お待（ま）ちしておりました。どうぞお上（あ）がりください。
o.ma.chi.shi.te.o.ri.ma.shi.ta。do.o.zo.o.a.ga.ri.ku.da.sa.i。

等您很久了，請進。

はい、では失礼（しつれい）いたします。
ha.i、de.wa.shi.tsu.re.i.i.ta.shi.ma.su。

是，那麼打擾了。

お久しぶりです。お元気でしたか？
o.hi.sa.shi.bu.ri.de.su。o.ge.n.ki.de.shi.ta.ka?

好久不見，您過得還好嗎？

あら、こんにちは。たしか桜井さんよね。
a.ra、ko.n.ni.chi.wa。ta.shi.ka.sa.ku.ra.i.sa.n.yo.ne。

唉呀！您好。
我記得妳是櫻井沒錯吧！

うちの子、今出かけてるんだけど、
すぐ帰ってくるから。どうぞ上がって。
u.chi.no.ko、i.ma.de.ka.ke.te.ru.n.da.ke.do、
su.gu.ka.e.t.te.ku.ru.ka.ra。do.o.zo.a.ga.t.te。

我家那孩子，現在出去了，
不過馬上就會回來。請進。

すみません。
では失礼させていただきます。
su.mi.ma.se.n。
de.wa.shi.tsu.re.i.sa.se.te.i.ta.da.ki.ma.su。

不好意思，那麼打擾了。

26.

在您百忙之中打擾真是抱歉

お忙しいところ申し訳ありません

o isoga shi i to ko ro moo shi wake a ri ma se n

場合

拜訪對方或有事麻煩
對方幫忙時。

對象

客戶、長輩。

POINT!

帶有「感謝對方為自己特地挪出時間、麻煩您了」的意思。

常用短句

- サインをいただきたいんですが。
  可以麻煩幫我簽個名嗎？
- 気にしなくていいよ。
  別放在心上、不用客氣。

♪ 051

では来週の水曜日、
図面をお持ちしてまたお宅にお伺いします。
de.wa.ra.i.shu.u.no.su.i.yo.o.bi、
zu.me.n.o.o.mo.chi.shi.te.ma.ta.o.ta.ku.ni.o.u.ka.ga.i.shi.ma.su。

● 図面：（土木、建築…等的）設計圖

那麼下個星期三，我會帶著設計圖到貴府拜訪。

わかりました。お待ちしております。
wa.ka.ri.ma.shi.ta。o.ma.chi.shi.te.o.ri.ma.su。

我知道了。我會等您的。

お忙しいところ申し訳ありません。では念のため、
前日に確認のお電話をさせていただきます。
o.i.so.ga.shi.i.to.ko.ro.mo.o.shi.wa.ke.a.ri.ma.se.n、de.wa.ne.n.no.ta.me、
ze.n.ji.tsu.ni.ka.ku.ni.n.no.o.de.n.wa.o.sa.se.te.i.ta.da.ki.ma.su。

● 念のため：愼重起見、謹愼起見

在您百忙之中打擾眞是抱歉。謹愼起見，前一天我會再打電話跟您確認。

それがいいですね。よろしくお願いします。
so.re.ga.i.i.de.su.ne。yo.ro.shi.ku.o.ne.ga.i.shi.ma.su。

這樣也好！那就麻煩您了。

♫ 052

しんせいしょ せんせい
申請書に先生のサインをいただきたいんですが。
shi.n.se.i.sho.ni.se.n.se.i.no.sa.i.no.i.ta.da.ki.ta.i.n.de.su.ga。

● サイン (sign)：簽名

可以麻煩老師在申請書上幫我簽個名嗎？

いいよ。どこ？
i.i.yo。do.ko？

好啊！要簽在哪裡？

いそが もう わけ
ここです。お 忙 しいところ申し訳ございません。
ko.ko.de.su。o.i.so.ga.shi.i.to.ko.ro.mo.o.shi.wa.ke.go.za.i.ma.se.n。

這裡。在您百忙之中打擾眞是抱歉。

き
いや、気にしなくていいよ。
i.ya、ki.ni.shi.na.ku.te.i.i.yo。

不，別放在心上。

27

一點點小心意
つまらない<ruby>物<rt>もの</rt></ruby>ですが
tsu ma ra na i mono de su ga

場　合

對　象

送禮時。

客戶、朋友、長輩。

換個説法

也可以說「お<ruby>恥<rt>は</rt></ruby>ずかしいんですが、これ…（眞不好意思，這個〔給你〕）」、「たいしたものじゃないんだけど。（雖然不是什麼貴重的東西）」。

POINT!

當禮物體積較大時，可說「お<ruby>荷物<rt>に もつ</rt></ruby>になってしまうかもしれませんが。（也許會造成您的負擔）」、「<ruby>荷物<rt>に もつ</rt></ruby>になっておじゃまかもしれませんが。（也許會造成您的麻煩）」。

送名產給朋友

♫ 053

 すっかり長居してしまいました。
そろそろおいとまいたします。
su.k.ka.ri.na.ga.i.shi.te.shi.ma.i.ma.shi.ta。
so.ro.so.ro.o.i.to.ma.i.ta.shi.ma.su。

已經這麼晚了，打擾了這麼久。我也該告辭了。

● 御暇：告辭 | ● 「いたす」是「する」的謙遜語

 これ、つまらない物ですが、どうぞお持ち帰りください。
ko.re、tsu.ma.ra.na.i.mo.no.de.su.ga、do.o.zo.o.mo.chi.ka.e.ri.ku.da.sa.i。

這是一點點小心意，請您帶回家。

 この前金沢に行ったんです。
たしかこの店のほうじ茶がお好きでしたよね？
ko.no.ma.e.ka.na.za.wa.ni.i.t.ta.n.de.su。
ta.shi.ka.ko.no.mi.se.no.ho.o.ji.cha.ga.o.su.ki.de.shi.ta.yo.ne？

前陣子我去了金澤。我記得妳喜歡這間店的烤茶對吧？

 まあ！覚えていてくださったんですか。
うれしいです。ありがたく頂戴いたします。
ma.a.!o.bo.e.te.i.te.ku.da.sa.t.ta.n.de.su.ka。
u.re.shi.i.de.su。a.ri.ga.ta.ku.cho.o.da.i.i.ta.shi.ma.su。

啊！您記得啊！真是高興。那麼我就收下了。

 そろそろ帰らないと。電車がなくなっちゃう。
so.ro.so.ro.ka.e.ra.na.i.to。de.n.sha.ga.na.ku.na.c.cha.u。

我差不多該回去了，要不然會沒有電車可坐。

 今日はわざわざ来てくれて、ありがとう。
これ、つまらない物だけど、ここの名産品。
kyo.o.wa.wa.za.wa.za.ki.te.ku.re.te、a.ri.ga.to.o。
ko.re、tsu.ma.ra.na.i.mo.no.da.ke.do、ko.ko.no.me.i.sa.n.hi.n。

今天謝謝妳專程來。這是一點點小心意。是這裡的名產。

 よかったら持って帰って。
yo.ka.t.ta.ra.mo.t.te.ka.e.t.te。

可以的話，請帶回去吧！

 わざわざありがとう。
じゃ、遠慮なくいただいていくね。
wa.za.wa.za.a.ri.ga.to.o。
ja.a、e.n.ryo.na.ku.i.ta.da.i.te.i.ku.ne。

謝謝妳費心準備禮物。那麼，我就不客氣收下了。

28.

請坐
どうぞお掛けください
doo zo o ka ke ku da sa i

場合

請客人入座時。

對象

訪客、長輩。

POINT!

與「お座りください。（請坐）」的意思相同，但較尊敬有禮。

常用短句

- すぐ戻ります。
  馬上就會回來。
- どうぞよろしくお願いいたします。
  請多多指教。

🎵 055

 こんにちは。
ko.n.ni.chi.wa。

您好。

 主人は今ちょっと出ているんですが、
すぐ戻ります。
どうぞお上がりになってお待ちください。

shu.ji.n.wa.i.ma.cho.t.to.de.te.i.ru.n.de.su.ga、
su.gu.mo.do.ri.ma.su。
do.o.zo.o.a.ga.ri.ni.na.t.te.o.ma.chi.ku.da.sa.i。

我先生出去一下馬上就會回來，請先進來裡面等。

 そうですか。では上がらせていただきます。
so.o.de.su.ka。de.wa.a.ga.ra.se.te.i.ta.da.ki.ma.su。

這樣啊！那麼我就打擾了。

  狭いところですが。どうぞお掛けください。
se.ma.i.to.ko.ro.de.su.ga。do.o.zo.o.ka.ke.ku.da.sa.i。

家裡很小，請坐。

到客戶公司拜訪

🎵 056

 はじめまして。わたくし担当の清水と申します。
どうぞよろしく。

ha.ji.me.ma.shi.te。wa.ta.ku.shi.ta.n.to.o.no.ki.yo.mi.zu.to.mo.o.shi.ma.su。do.o.zo.yo.ro.shi.ku。

初次見面，我是負責人，敝姓清水。請多多指教。

 はじめまして。さくら設計事務所の福田と申します。どうぞよろしくお願いいたします。

ha.ji.me.ma.shi.te。sa.ku.ra.se.k.ke.i.ji.mu.sho.no.fu.ku.da.to.mo.o.shi.ma.su。do.o.zo.yo.ro.shi.ku.o.ne.ga.i.i.ta.shi.ma.su。

初次見面。我是櫻花設計事務所的福田，請多多指教。

 まあ、どうぞお掛けください。

ma.a、do.o.zo.o.ka.ke.ku.da.sa.i。

請坐。

はい、では失礼いたします。

ha.i、de.wa.shi.tsu.re.i.i.ta.shi.ma.su。

是，失禮了。

え～、それではさっそく説明させていただきます。

e～、so.re.de.wa.sa.s.so.ku.se.tsu.me.i.sa.se.te.i.ta.da.ki.ma.su。

那麼，容我馬上爲您進行說明。

101

29

不好意思
恐れ入ります
<ruby>恐<rt>おそ</rt></ruby>れ<ruby>入<rt>い</rt></ruby>ります
oso re i ri ma su

場合

對方請自己入座、喝茶…等時。

對象

客戶、長輩。

POINT!

「<ruby>恐<rt>おそ</rt></ruby>れ<ruby>入<rt>い</rt></ruby>ります」是比「すみません」更禮貌的說法。

常用短句

● お<ruby>手伝<rt>て つだ</rt></ruby>いします。我來幫忙。
● <ruby>助<rt>たす</rt></ruby>かるよ。幫了我大忙了。
● お<ruby>元気<rt>げん き</rt></ruby>そうで<ruby>何<rt>なに</rt></ruby>よりです。
　您這麼健康真是太好了。（比什麼都好）

在教授的研究室

♫ 057

 先生、こんにちは。
se.n.se.i、ko.n.ni.chi.wa。

老師，您好。

 いや〜、よく来てくれたね。
i.ya〜、yo.ku.ki.te.ku.re.ta.ne。

唉呀！你來了啊！

 すぐ片づけるから、入って。
su.gu.ka.ta.zu.ke.ru.ka.ra、ha.i.t.te。

我馬上整理一下，請進。

● 片づける：整理、收拾

 お忙しいところ、恐れ入ります。
o.i.so.ga.shi.i.to.ko.ro、o.so.re.i.ri.ma.su。

在您百忙之中前來打擾，不好意思。

 お手伝いします。
o.te.tsu.da.i.shi.ma.su。

我也來幫忙。

 どうもすまんね。助かるよ。
do.o.mo.su.ma.n.ne。ta.su.ka.ru.yo。

眞是抱歉。眞是幫了我大忙了。

♫ 058

よく来たね。まあ遠慮しないで掛けて。

yo.ku.ki.ta.ne。ma.a.e.n.ryo.shi.na.i.de.ka.ke.te。

妳來了啊！別客氣請坐。

恐れ入ります。伯父さんもお元気そうで何よりです。

o.so.re.i.ri.ma.su。o.ji.sa.n.mo.o.ge.n.ki.so.o.de.na.ni.yo.ri.de.su。

不好意思。伯父這麼健康真是太好了。

ありがとう。

a.ri.ga.to.o。

謝謝。

伯母さんもお元気そうですね。

o.ba.sa.n.mo.o.ge.n.ki.so.o.de.su.ne。

伯母看起來也很健康呢！

そりゃもうこの家で一番元気で最強。

so.rya.mo.o.ko.no.i.e.de.i.chi.ba.n.ge.n.ki.de.sa.i.kyo.o。

她可是我們全家最有活力的。

● 「そりゃ」＝「それは」

30.

請別客氣・不用拘束

どうぞご遠慮なく

doo zo go en ryo na ku

場 合

客人因爲緊張顯得拘束時。

對 象

訪客。

對晚輩或小朋友可說
「遠慮しないで。（不用客氣）。」

換個説法

也可以說「ご遠慮なく。（別客氣）」，
但避免對長輩使用。

POINT!

♬ 059

 ちょうど昨日、青森の親戚からリンゴを
送ってきたんですよ。
cho.o.do.ki.no.o、a.o.mo.ri.no.shi.n.se.ki.ka.ra.ri.n.go.o.
o.ku.t.te.ki.ta.n.de.su.yo。

剛好昨天，住在青森的親戚
送了蘋果來。

 どうかお気遣いなく。
do.o.ka.o.ki.zu.ka.i.na.ku。

● 「どうか」＝「どうぞ」，請

請不用費心。

 どうぞご遠慮なく。お召し上がりください。
do.o.zo.go.e.n.ryo.na.ku。o.me.shi.a.ga.ri.ku.da.sa.i。

請別客氣，請慢用。

 ではお言葉に甘えて、いただきます。
おお、日本のリンゴはおいしいですね！
de.wa.o.ko.to.ba.ni.a.ma.e.te、i.ta.da.ki.ma.su。
o.o、ni.ho.n.no.ri.n.go.wa.o.i.shi.i.de.su.ne！

那麼我就不客氣了。
喔喔！日本的蘋果真的很好
吃呢！

客人不習慣跪坐

🎵 060

足を崩して
ください

どうぞ
ご遠慮なく

あまり正座に
慣れない
ものですから

すみません

では
お言葉に甘えて、
失礼します

Oh, no!

滚 ゴロ 滚

 う〜ん
u.n

嗯〜

く〜っ
ku

痾阿〜

どうぞご遠慮なく。足を崩してください。
do.o.zo.go.e.n.ryo.na.ku。a.shi.o.ku.zu.shi.te.ku.da.sa.i。

請不用太過拘束，隨便坐就可以了。

 すみません。あまり正座に慣れないものですから。
su.mi.ma.se.n。a.ma.ri.se.i.za.ni.na.re.na.i.mo.no.de.su.ka.ra。

不好意思。因為還不太習慣跪坐。

● あまり：（下接否定）不太… | ● 慣れる：習慣

ではお言葉に甘えて、失礼します。
de.wa.o.ko.to.ba.ni.a.ma.e.te、shi.tsu.re.i.shi.ma.su。

那麼我就恭敬不如從命，失禮了。

● 甘える：承蒙、接受（別人的好意）

31.

沒有什麼可招待您

何もありませんが
nani mo a ri ma sen ga

場合　　　　　　　　　　　　　對象

請客人用茶、餐點時。　　　　　親戚、朋友、長輩。

此時客人可說「けっこうなものを恐縮です。（謝謝您拿出這麼好的東西招待我）」或「お言葉に甘えて頂戴いたします。（那我就不客氣了）」後再開動。

吃完後則說「ご馳走様でした。（謝謝您的招待，我吃飽了）」或「とてもおいしかったです。（非常美味）」。

下次碰面時一定要再次感謝對方。「先日は大変結構なものを頂きありがとうございました。（非常謝謝您上次招待的美味食物）」、「先日はご馳走様でした。（上次謝謝您的款待）」。

換個說法

客人到家中拜訪

🎵 061

 あなた、加藤さん、そろそろお昼にしましょう。
a.na.ta、ka.to.o.sa.n、so.ro.so.ro.o.hi.ru.ni.shi.ma.sho.o。

老公、加藤先生，差不多該吃午飯囉！

 何もありませんが、どうぞ召し上がってください。
na.ni.mo.a.ri.ma.se.n.ga、do.o.zo.me.shi.a.ga.t.te.ku.da.sa.i。

沒有什麼可招待您，請慢用。

 さあ、ご遠慮なく。
sa.a、go.e.n.ryo.na.ku。

吃吧！別客氣。

 これはこれは、大層なごちそうを用意していただいて。お言葉に甘えて頂戴いたします。
ko.re.wa.ko.re.wa、ta.i.so.o.na.go.chi.so.o.o.yo.o.i.shi.te.i.ta.da.i.te。o.ko.to.ba.ni.a.ma.e.te.cho.o.da.i.i.ta.shi.ma.su。

這實在是準備得太豐盛了。那麼我就不客氣開動了。

 大変結構なお味です。奥さんは料理上手なんですね。
ta.i.he.n.ke.k.ko.o.na.o.a.ji.de.su。o.ku.sa.n.wa.ryo.o.ri.jo.o.zu.na.n.de.su.ne。

真的很美味。太太的廚藝真好！

♫ 062

もうお昼か。私 何か作るね。
mo.o.o.hi.ru.ka。wa.ta.shi.na.ni.ka.tsu.ku.ru.ne。

已經中午了啊！我來做點東西吧！

ジュージュー
ju.u.ju.u

炒菜聲。

何もないんだけど。よかったら食べてみて。
na.ni.mo.na.i.n.da.ke.do。yo.ka.t.ta.ra.ta.be.te.mi.te。

沒有什麼可招待你，請嚐嚐看。

すごくおいしそう。じゃあいただきます。
su.go.ku.o.i.shi.so.o。ja.a.i.ta.da.ki.ma.su。

看起來好好吃喔！那麼我開動了。

32.

不知道合不合您的口味

お口に<ruby>口<rt>くち</rt></ruby>に<ruby>合<rt>あ</rt></ruby>いますかどうか

o kuchi ni a i ma su ka do o ka

場合

請對方用餐時。

對象

訪客。

POINT!

此時可回答

「<ruby>大変<rt>たいへん</rt></ruby>おいしかったです。（非常好吃）」。

常用短句

● すごいですね。
好厲害喔！

● おいしかったです。
（吃完後）很好吃。

これ、私が作ったケーキなんです。
お口に合いますかどうか。
ko.re、wa.ta.shi.ga.tsu.ku.t.ta.ke.e.ki.na.n.de.su。
o.ku.chi.ni.a.i.ma.su.ka.do.o.ka。

這個是我做的蛋糕，不知道合不合您的口味。

すごいですね。ケーキをご自分でお作りになるんですか。
su.go.i.de.su.ne。ke.e.ki.o.go.ji.bu.n.de.o.tsu.ku.ri.ni.na.ru.n.de.su.ka。

真是厲害！自己做蛋糕耶！

そんな、たいしたことないんですよ。
so.n.na、ta.i.shi.ta.ko.to.na.i.n.de.su.yo。

沒什麼啦！

お店で売ってるのより、断然おいしいです！
o.mi.se.de.u.t.te.ru.no.yo.ri、da.n.ze.n.o.i.shi.i.de.su！

比蛋糕店裡賣的還要好吃！

● 断然：絕對、顯然

和朋友到餐廳用餐

♫ 064

ここは有名な北京料理のお店なんですが、お口に合いましたかどうか。

ko.ko.wa.yu.u.me.i.na.pe.ki.n.ryo.o.ri.no.o.mi.se.na.n.de.su.ga、o.ku.chi.ni.a.i.ma.shi.ta.ka.do.o.ka。

這裡是有名的北京料理店，不知道合不合您的口味呢？

大変おいしかったですよ。

ta.i.he.n.o.i.shi.ka.t.ta.de.su.yo。

非常好吃啊！

さすが川口さん。おいしいお店をご存知なんですね。

sa.su.ga.ka.wa.gu.chi.sa.n。o.i.shi.i.o.mi.se.o.go.zo.n.ji.na.n.de.su.ne。

不愧是川口小姐。總是知道很多好吃的店。

実は最近、グルメ雑誌の取材をしている友人に教わったんですよ。

ji.tsu.wa.sa.i.ki.n、gu.ru.me.za.s.shi.no.shu.za.i.o.shi.te.i.ru.yu.u.ji.n.ni.o.so.wa.t.ta.n.de.su.yo。

其實是最近正在做美食雜誌採訪的朋友介紹給我的。

113

33.

開動了
いただきます
i ta da ki ma su

場合

用餐（包括喝飲料）前。

對象

朋友、長輩。

換個説法

當對方熱情招呼自己多吃一點時，可說
「十分いただきました。（已經吃很飽了）」。
（じゅう ぶん）

POINT!

用完餐（喝完）後要說「ご馳走様でした。（謝謝
您的招待）」。
（ち そうさま）

在拉麵店

♫ 065

もやしみそラーメンお待たせしました。
mo.ya.shi.mi.so.ra.a.me.n.o.ma.ta.se.shi.ma.shi.ta。

豆芽味噌拉麵，讓您久等了。

● もやし：豆芽菜 ｜ 味噌：味噌

冷めないうちに食べて。
sa.me.na.i.u.chi.ni.ta.be.te。

趁熱先吃。

じゃあお言葉に甘えて、いただきます。
ja.a.o.ko.to.ba.ni.a.ma.e.te、i.ta.da.ki.ma.su。

那麼我就不客氣，開動了。

（ぼくの特製五目ラーメンも早く来ないかな～。）
bo.ku.no.to.ku.se.i.go.mo.ku.ra.a.me.n.mo.ha.ya.ku.ko.na.i.ka.na～。

（我的特製什錦拉麵怎麼還不快點來呢！）

♪ 066

この辺でちょっと一息入れませんか？
ko.no.he.n.de.cho.t.to.hi.to.i.ki.i.re.ma.se.n.ka?

先休息一下吧！

● 一息：歇一會兒、休息一下

奥様、どうぞお気遣いなく。
o.ku.sa.ma、do.o.zo.o.ki.zu.ka.i.na.ku。

太太，請不用費心。

どうぞ遠慮なさらずに。
do.o.zo.e.n.ryo.na.sa.ra.zu.ni。

請別客氣。

お茶も冷めないうちに召し上がってください。
o.cha.mo.sa.me.na.i.u.chi.ni.me.shi.a.ga.t.te.ku.da.sa.i。

茶也請趁熱喝。

ありがとうございます。ではせっかくですから
いただきます。
a.ri.ga.to.o.go.za.i.ma.su。de.wa.se.k.ka.ku.de.su.ka.ra.
i.ta.da.ki.ma.su。

謝謝。那麼我就不辜負您
的好意，開動了。

● せっかく：特地

34.

已經吃（喝）很飽了

十分いただきました
じゅう ぶん
juu bun i ta da ki ma shi ta

場 合

當已經吃不下時，
用來婉拒對方。

對 象

親戚、朋友、長輩。

POINT!

當對方問你是否要再添一碗飯時，如果直接回答
「もう結構です。（不用了）」，有可能會讓人誤
以爲你覺得食物很難吃，所以吃不下了。
けっこう

常用短句

● 勘弁してくださいよ。饒了我吧！
かんべん

● どうぞお気を遣わないでください。請不用費心。
き つか

● 遠慮しないで。請不要客氣。
えんりょ

🎵067

まだ足りないだろう。どんどん注文しなさい。

ma.da.ta.ri.na.i.da.ro.o。do.n.do.n.chu.u.mo.n.shi.na.sa.i。

● どんどん：接連不斷

還不夠吧！再多點一些菜吧！

十分いただきましたので、どうぞお気を遣わないでください。

ju.u.bu.n.i.ta.da.ki.ma.shi.ta.no.de、do.o.zo.o.ki.o.tsu.ka.wa.na.i.de.ku.da.sa.i。

已經吃很飽了，請不用費心。

たまの機会なんだから、遠慮しないで。じゃデザートでもいくか？

ta.ma.no.ki.ka.i.na.n.da.ka.ra、e.n.ryo.shi.na.i.de。ja.de.za.a.to.de.mo.i.ku.ka?

● デザート (dessert)：（飯後）甜點

這麼難得的機會就別客氣了。要不然吃個甜點？

ありがとうございます。でも本当にもう入りません。

a.ri.ga.to.o.go.za.i.ma.su。de.mo.ho.n.to.o.ni.mo.o.ha.i.ri.ma.se.n。

謝謝。可是真的已經吃不下了。

和朋友去喝酒

♫ 068

もう一杯（いっぱい）どう？
mo.o.i.p.pa.i.do.o?

再喝一杯吧？

もう十分（じゅうぶん）いただきましたので、結構（けっこう）です。
mo.o.ju.u.bu.n.i.ta.da.ki.ma.shi.ta.no.de、ke.k.ko.o.de.su。

已經喝很多了，不了。

まだ全然（ぜんぜん）飲（の）んでないじゃないか。
今日（きょう）はとことんつき合（あ）えよ。
ma.da.ze.n.ze.n.no.n.de.na.i.ja.na.i.ka。
kyo.o.wa.to.ko.to.n.tsu.ki.a.e.yo。

明明都還沒有喝啊？今天陪我喝個不醉不歸。

● とことん：最後、到底

先輩（せんぱい）、勘弁（かんべん）してくださいよ。もう無理（むり）ですって。
それに明日（あした）ゼミで発表（はっぴょう）があるんですよ。
se.n.pa.i、ka.n.be.n.shi.te.ku.da.sa.i.yo。mo.o.mu.ri.de.su.tte。
so.re.ni.a.shi.ta.ze.mi.de.ha.p.pyo.o.ga.a.ru.n.de.su.yo。

前輩，饒了我吧！我真的已經喝不下了。而且明天還有專題研究發表啊！

119

35.

您很累了吧！

お疲れでしょう
お<ruby>疲<rt>つか</rt></ruby>れでしょう

o tsuka re de shoo

場 合

客人遠道而來或對方剛
結束長途旅行⋯等。

對 象

朋友、長輩。

換個説法

對朋友可說「<ruby>疲<rt>つか</rt></ruby>れたんじゃない？（累了吧？）」、
「<ruby>大変<rt>たいへん</rt></ruby>だったね。（眞是辛苦）」、
「お<ruby>疲<rt>つか</rt></ruby>れ<ruby>様<rt>さま</rt></ruby>。（辛苦你了）」。

常用短句

● <ruby>今日<rt>きょう</rt></ruby>はこれで<ruby>失礼<rt>しつれい</rt></ruby>させていただきます。
今天到這裡先告辭了。

● <ruby>気<rt>き</rt></ruby>をつけて<ruby>帰<rt>かえ</rt></ruby>ってね。
回去路上請小心。

朋友遠道前來拜訪

♫069

もうこんな時間か。
mo.o.ko.n.na.ji.ka.n.ka。

已經這麼晚了？

あら、まだ早いじゃない。
もっとゆっくりしていって。
a.ra、ma.da.ha.ya.i.ja.na.i。
mo.t.to.yu.k.ku.ri.shi.te.i.t.te。

唉呀！不是還很早嗎？
再多坐一下吧！

じつは今朝こちらに着いたばかりなので、
今日はこれで失礼させていただきます。
ji.tsu.wa.ke.sa.ko.chi.ra.ni.tsu.i.ta.ba.ka.ri.na.no.de、
kyo.o.wa.ko.re.de.shi.tsu.re.i.sa.se.te.i.ta.da.ki.ma.su。

其實我是今天早上剛到這
裡，今天就先告辭了。

そうだったの。じゃあお疲れでしょう。
気をつけて帰ってね。
so.o.da.t.ta.no。ja.a.o.tsu.ka.re.de.sho.o。
ki.o.tsu.ke.te.ka.e.t.te.ne。

原來是這樣啊！那麼您很疲
累了吧！回去路上請小心。

♫ 070

補習班下課後

| 進学塾 | せんせい
先生さようなら
se.n.se.i.sa.yo.o.na.ra | 老師再見。 |

きょう　　　　　　　　　か　き しゅうちゅうじゅぎょう　　お
今日でやっと夏期集 中 授 業 が終わった〜！
kyo.o.de.ya.t.to.ka.ki.shu.u.chu.u.ju.gyo.o.ga.o.wa.t.ta〜！

今天，暑期集中課程總算是
結束了！

● やっと：好不容易

まい にち ほん とう　　　　たい へん
毎日本当に大変だったね。
ma.i.ni.chi.ho.n.to.o.ni.ta.i.he.n.da.t.ta.ne。

每天真的都很辛苦。

かえ　　　　　　　　　つか
さて、帰るとするか。じゃあ、お疲れ！
sa.te、ka.e.ru.to.su.ru.ka。ja.a、o.tsu.ka.re！

那麼，我要回家了。辛苦
了！再見。

つか　　さま
お疲れ様！
o.tsu.ka.re.sa.ma！

您辛苦了。

122

36.

待到這麼晚
どうも遅(おそ)くまで
doo mo oso ku ma de

場合

拜訪後要起身告辭時。

對象

朋友、長輩。

換個説法

「もうこんな時間(じかん)ですので。（已經這麼晚了）」、「そろそろおいとまいたします。（我差不多該告辭了）」。

POINT!

拜訪他人時，應避開用餐時間。
當對方問「お食事(しょくじ)でもどうですか。（要不要留在這裡用餐啊？）」，禮貌上應婉拒對方。

🎵 071

キイ ki.i	開門聲。

どうも遅くまですみませんでした。 do.o.mo.o.so.ku.ma.de.su.mi.ma.se.n.de.shi.ta。	待到這麼晚真不好意思。

こちらこそついお引き止めしてしまって。 **ぜひまたいらしてくださいね。** ko.chi.ra.ko.so.tsu.i.o.hi.ki.to.me.shi.te.shi.ma.t.te。 ze.hi.ma.ta.i.ra.shi.te.ku.da.sa.i.ne。 ● 引き止める：挽留、留住	是我一直留妳下來，一定要再來玩喔！

ありがとうございます。よろこんで！ **ではおやすみなさい。** a.ri.ga.to.o.go.za.i.ma.su。yo.ro.ko.n.de！ de.wa.o.ya.su.mi.na.sa.i。	謝謝。我很樂意！ 那麼晚安。

到了晚餐時間

♬ 072

 なんと、もうこんな時間になっていたとは。
na.n.to、mo.o.ko.n.na.ji.ka.n.ni.na.t.te.i.ta.to.wa。

居然已經到這個時間了啊！

 よろしかったら夕食もご一緒にいかがですか？
yo.ro.shi.ka.t.ta.ra.yu.u.sho.ku.mo.go.i.s.sho.ni.i.ka.ga.de.su.ka?

不介意的話，要不要留下來一起吃晚餐啊？

 お昼までごちそうになって、とんでもない。
これで失礼させていただきます。
o.hi.ru.ma.de.go.chi.so.o.ni.na.t.te、to.n.de.mo.na.i。
ko.re.de.shi.tsu.re.i.sa.se.te.i.ta.da.ki.ma.su。

中午已經受你們款待了，怎麼好意思。我先告辭了。

 奥さん、どうも遅くまですみませんでした。
o.ku.sa.n、do.o.mo.o.so.ku.ma.de.su.mi.ma.se.n.de.shi.ta。

太太，待到這麼晚真不好意思。

 いいえ、何もお構いできませんで。
i.i.e、na.ni.mo.o.ka.ma.i.de.ki.ma.se.n.de。

不會不會，招待不周請多見諒。

37

您百忙之中還專程過來

お忙しいところ
o isoga shi i to ko ro

わざわざお越しいただいて
wa za wa za o ko shi i ta da i te

場合

對象

訪客到家裡拜訪或送客時。

客戶、朋友、長輩。

換個説法

對較親近的人，可說「忙しいところわざわざありがとう。（百忙之中眞是謝謝）」、「わざわざ時間を作ってもらって悪いね。（不好意思，讓你特地空出時間來）」。

常用短句

●今度は負けませんよ！下次我可不會輸給你喔！
●どうもありがとうございました。謝謝您。

♫ 073

 では今日はこれで失礼させていただきます。
de.wa.kyo.o.wa.ko.re.de.shi.tsu.re.i.sa.se.te.i.ta.da.ki.ma.su。

那麼今天我就先告辭了。

 お忙しいところわざわざお越しいただいて、
すみませんでした。
o.i.so.ga.shi.i.to.ko.ro.wa.za.wa.za.o.ko.shi.i.ta.da.i.te、
su.mi.ma.se.n.de.shi.ta。

您百忙之中還專程過來，
眞是不好意思。

 いえいえ、こちらは毎日気ままな身ですから。
i.e.i.e、ko.chi.ra.wa.ma.i.ni.chi.ki.ma.ma.na.mi.de.su.ka.ra。

不會不會，我每天都很
有空。

● 気まま：隨意、隨心所欲

 では来週は碁会所で!
de.wa.ra.i.shu.u.wa.go.ka.i.sho.de!

那麼下個星期在圍棋會
所見!

 今度は負けませんよ!
ko.n.do.wa.ma.ke.ma.se.n.yo!

下次我可不會輸給你喔!

127

今日はお忙しいところお時間をいただき、
どうもありがとうございました。
kyo.o.wa.o.i.so.ga.shi.i.to.ko.ro.o.ji.ka.n.o.i.ta.da.ki、
do.o.mo.a.ri.ga.to.o.go.za.i.ma.shi.ta。

今天謝謝您百忙之中抽出時間。

いいえ、こちらこそお忙しいところわざわざお越しいただき、ありがとうございました。
i.i.e、ko.chi.ra.ko.so.o.i.so.ga.shi.i.to.ko.ro.wa.za.wa.za.o.ko.shi.i.ta.da.ki、a.ri.ga.to.o.go.za.i.ma.shi.ta。

不會，我才謝謝您百忙之中還專程過來。

お仕事以外でもまたおしゃべりしたいですね。
o.shi.go.to.i.ga.i.de.mo.ma.ta.o.sha.be.ri.shi.ta.i.de.su.ne。

也想跟您聊聊工作以外的事呢！

私もです！次は温泉の情報交換をしましょう。
wa.ta.shi.mo.de.su！tsu.gi.wa.o.n.se.n.no.jo.o.ho.o.ko.o.ka.n.o.shi.ma.sho.o。

我也是！那下次我們來交換溫泉的資訊吧！

38.

我先告辭了

お先に失礼します

o saki ni shitsu rei shi ma su

場合

要先行離開、下班時。

對象

同事、朋友、長輩。

換個説法

也可以說「お先に。（我先走了）」、
「お先に失礼いたします。（我先告辭了）」。

POINT!

當還有其他客人在場時，最好跟大家示意後再回去。另外，也常用於公司還有其他同事在，但自己要先下班的時候。

♬ 075

 あ、もうこんな時間。
じつは午後は予定が入っているので、これで。
a、mo.o.ko.n.na.ji.ka.n。
ji.tsu.wa.go.go.wa.yo.te.i.ga.ha.i.t.te.i.ru.no.de、ko.re.de。

啊！已經這麼晚了。
其實我下午還有約，我先走一步。

 もう帰るの？
mo.o.ka.e.ru.no？

已經要回去了嗎？

 うん。
u.n。

嗯。

 渋谷さん、お先に失礼します。
shi.bu.ya.sa.n、o.sa.ki.ni.shi.tsu.re.i.shi.ma.su。

澀谷小姐，我先告辭了。

 また今度ゆっくりお会いしましょうね。
ma.ta.ko.n.do.yu.k.ku.ri.o.a.i.shi.ma.sho.o.ne。

那麼下次再好好聊聊吧！

ハクション
ha.ku.sho.n

哈啾！（打噴嚏的聲音）。

なんかちょっと風邪引いたみたい。
悪いけどお先に失礼するね。
na.n.ka.cho.t.to.ka.ze.hi.i.ta.mi.ta.i。
wa.ru.i.ke.do.o.sa.ki.ni.shi.tsu.re.i.su.ru.ne。

我好像有點感冒，不好意思
我先告辭了。

大丈夫？
da.i.jo.o.bu?

沒事吧？

お大事にね。
o.da.i.ji.ni.ne。

好好保重喔！

ありがとう。ふたりはゆっくりしていってね。
a.ri.ga.to.o。fu.ta.ri.wa.yu.k.ku.ri.shi.te.i.t.te.ne。

謝謝。那妳們慢慢聊。

39.

在此告辭
ではここで失礼します
しつ　れい
de wa ko ko de shitsu rei shi ma su

場合

到對方家裡作客，
主人送你離開時。

對象

客戶、朋友、長輩。

換個説法

也可說「ではここ、じゃあ、ここで。
（送到這裡就可以了）」。

POINT!

這句話也可以當成「さようなら。（再見）」
的意思來使用。

和朋友道別

♫ 077

駅までの道はわかりますから。
ここで結構です。
e.ki.ma.de.no.mi.chi.wa.wa.ka.ri.ma.su.ka.ra。
ko.ko.de.ke.k.ko.o.de.su。

我知道怎麼走到車站，送到這裡就可以了。

まっすぐ行くと、左手に駅が見えてきます。
どうぞお気をつけて。
ma.s.su.gu.i.ku.to、hi.da.ri.te.ni.e.ki.ga.mi.e.te.ki.ma.su。
do.o.zo.o.ki.o.tsu.ke.te。

直直走，左邊就可以看到車站了，路上小心。

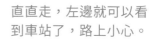
● まっすぐ：直、筆直

はい、ではここで失礼します。
ha.i、de.wa.ko.ko.de.shi.tsu.re.i.shi.ma.su。

好的，那麼我就在此告辭了。

（やっぱり心配だから…。）
ya.p.pa.ri.shi.n.pa.i.da.ka.ra…。

（想想還是有點擔心…。）

♫078

あ、私ちょっとあそこの本屋に寄って帰るから。
a、wa.ta.shi.cho.t.to.a.so.ko.no.ho.n.ya.ni.yo.t.te.ka.e.ru.ka.ra。

啊！我順便去一下那邊的書店再回去。

● 寄る：順便到、順路

そう。それじゃ、ここで。
so.o。so.re.ja、ko.ko.de。

這樣啊！那麼就到這裡。

これからバイトでしょ?がんばってね。
ko.re.ka.ra.ba.i.to.de.sho?ga.n.ba.t.te.ne。

妳等一下要去打工吧？加油！

● これから：從現在起、今後

うん、ありがとう。また明日!バイバイ。
u.n、a.ri.ga.to.o。ma.ta.a.shi.ta!ba.i.ba.i。

嗯，謝謝。明天見，bye bye!

40.

請務必再來
ぜひまたお寄りください
ze hi ma ta o yo ri ku da sa i

場　合

送客時。

對　象

朋友、長輩。

換個説法

也可說：
「またお越しください」：歡迎再來。
「お近くにお寄りの節はどうぞいらしてください」：
有順道過來這附近的話，歡迎再來。
「またぜひ遊びにきてください」：
下次歡迎再來玩。
「また来てね」：下次再來喔！
「また遊びに来てね」：下次再來玩喔！

♫ 079

ほんとう　　　　な ご　　お
本当にお名残り惜しいですね。

ho.n.to.o.ni.o.na.go.ri.o.shi.i.de.su.ne。

真的是很依依不捨呢！

● 名残り惜しい：依依不捨的
な ご　お

ざんねん　　　　　　かえ　　　ひこうき　　じかん
残念ながら帰りの飛行機の時間がありまして。
きょう　　　　かお　はいけん
今日はお顔を拝見できてよかったです。

za.n.ne.n.na.ga.ra.ka.e.ri.no.hi.ko.o.ki.no.ji.ka.n.ga.a.ri.ma.shi.te。
kyo.o.wa.o.ka.o.o.ha.i.ke.n.de.ki.te.yo.ka.t.ta.de.su。

真是可惜，回程飛機的
時間已經訂好了。今天
能見到您真是太好了。

じ かん　　　　　　とき　　　　　　　　　よ
お時間のある時にぜひまたお寄りください。

o.ji.ka.n.no.a.ru.to.ki.ni.ze.hi.ma.ta.o.yo.ri.ku.da.sa.i。

下次有時間，請務必再
來。

はい、ありがとうございます。
げん き
どうぞお元気でいらしてください。

ha.i、a.ri.ga.to.o.go.za.i.ma.su。
do.o.zo.o.ge.n.ki.de.i.ra.shi.te.ku.da.sa.i。

好的，謝謝。請好好保
重。

和朋友道別時

♫ 080

今日は遊びに来てくれて、ありがとう。
kyo.o.wa.a.so.bi.ni.ki.te.ku.re.te、a.ri.ga.to.o。

今天謝謝妳來找我玩。

一緒に吉祥寺の街歩きができて、
すごく楽しかった！
i.s.sho.ni.ki.chi.jo.o.ji.no.ma.chi.a.ru.ki.ga.de.ki.te、
su.go.ku.ta.no.shi.ka.t.ta!

能一起去吉祥寺走走，真的很開心。

気が向いたらまた来てね。
ki.ga.mu.i.ta.ra.ma.ta.ki.te.ne。

如果想來的話請再來喔！

● 気が向く：有做…事的心情、心血來潮

うん！おもしろそうな店がまだまだあったし。
じゃあまたね。
u.n!o.mo.shi.ro.so.o.na.mi.se.ga.ma.da.ma.da.a.t.ta.shi。
ja.a.ma.ta.ne。

嗯！好像還有很多很有趣的店。那麼再見囉！

41.

晚安（再見）
お休みなさい
o yasu mi na sa i

場　合

睡前或晚上與他人道別時。

對　象

鄰居、朋友、長輩。

常用短句

- がんばらないと。
  （＝がんばらないといけません。）
  不加油不行。不努力一點不行。
- また明日。
  明天見。
- 体に気をつけてね。
  請好好保重身體喔！
- また電話します。
  我會再打電話給你。

在圖書館

♫ 081

 とうとう図書館が閉まるギリギリまで粘ったね。
to.o.to.o.to.sho.ka.n.ga.shi.ma.ru.gi.ri.gi.ri.ma.de.ne.ba.t.ta.ne。

● とうとう：最後、終於、到底 | ぎりぎり：極限、最大限度

最後還是待到圖書館快關門才離開。

 レポート提出まであと少しだから、がんばらないと。
re.po.o.to.te.i.shu.tsu.ma.de.a.to.su.ko.shi.da.ka.ra、ga.n.ba.ra.na.i.to。

● レポート (report)：報告

離交報告的日子沒剩多少時間了，不加把勁不行。

 すっかり遅くなっちゃった。じゃあ、お休みなさい。
su.k.ka.ri.o.so.ku.na.c.cha.t.ta。ja.a、o.ya.su.mi.na.sa.i。

● すっかり：完全、全部

已經很晚了。那麼，晚安（再見）。

 お休みなさい。また明日大学でね。
o.ya.su.mi.na.sa.i。ma.ta.a.shi.ta.da.i.ga.ku.de.ne。

晚安（再見）。明天學校見！

 最近すごく忙しいんでしょう？
sa.i.ki.n.su.go.ku.i.so.ga.shi.i.n.de.sho.o?

最近很忙吧？

 うん、相変わらずね。
でもちょっと声を聞きたくなって。
u.n、a.i.ka.wa.ra.zu.ne。
de.mo.cho.t.to.ko.e.o.ki.ki.ta.ku.na.t.te。

嗯，還是一樣忙。不過有點想聽聽妳的聲音。

 私も声を聞けてうれしかった！
体に気をつけてね。
wa.ta.shi.mo.ko.e.o.ki.ke.te.u.re.shi.ka.t.ta!
ka.ra.da.ni.ki.o.tsu.ke.te.ne。

能聽到你的聲音，我也很高興。要好好保重身體喔！

 ありがとう。また明日電話するよ。
じゃあお休み。
a.ri.ga.to.o。ma.ta.a.shi.ta.de.n.wa.su.ru.yo。
ja.a.o.ya.su.mi。

謝謝。那我明天再打電話給妳喔！那麼，晚安（再見）。

42.

請進去
どうぞお入<ruby>はい</ruby>りください
doo zo o hai ri ku da sa i

場　合

主人送自己到門口時。
請主人進去屋子不用送了，
是基本禮貌。

對　象

客戶、朋友、長輩…等。

也可說
「ここで結構<ruby>けっこう</ruby>です。（送到這裡就可以了）」、
「ここで失礼<ruby>しつれい</ruby>いたします。（那麼在此告辭了）」。
朋友之間可說「ここでいいので。」、「じゃここで。
（送到這裡就行了）」。

換個說法

請客人進屋時也用
「どうぞお入<ruby>はい</ruby>りください。（請進）」。

POINT!

141

♫ 083

ではまた次の打ち合わせで。
de.wa.ma.ta.tsu.gi.no.u.chi.a.wa.se.de。

● 打ち合わせ：（事先）碰面、磋商

那麼下次討論的時候再見。

ちょっとそこまでお送りしましょう。
cho.t.to.so.ko.ma.de.o.o.ku.ri.shi.ma.sho.o。

我送妳到那裡吧！

ここで結構ですよ。
寒いですし、どうぞお入りください。
ko.ko.de.ke.k.ko.o.de.su.yo。
sa.mu.i.de.su.shi、do.o.zo.o.ha.i.ri.ku.da.sa.i。

到這裡就可以了。
而且天氣那麼冷，請進去。

ではお言葉に甘えて。
どうぞ気をつけてお帰りくださいね。
de.wa.o.ko.to.ba.ni.a.ma.e.te。
do.o.zo.ki.o.tsu.ke.te.o.ka.e.ri.ku.da.sa.i.ne。

那麼我就恭敬不如從命，回去的路上請小心。

在車站前

♪ 084

駅に着いたよ。
e.ki.ni.tsu.i.ta.yo。

到車站了喔！

● 着く：到達、抵達

送ってくれてありがとう。ここでいいよ。
o.ku.t.te.ku.re.te.a.ri.ga.to.o。ko.ko.de.i.i.yo。

謝謝你送我到車站，到這裡就可以了。

じゃあここで。気をつけてね。
ja.a.ko.ko.de。ki.o.tsu.ke.te.ne。

那麼，路上小心。

うん、バイバイ。
u.n、ba.i.ba.i。

嗯！bye bye!

バイバーイ。
ba.i.ba.a.i。

bye bye!

43.

請留步

どうぞそのままで
doo zo so no ma ma de

場 合

去他人家中拜訪，要告辭時。

對 象

客戶、朋友、長輩。

換個說法

也可說「私（わたし）のことは気（き）にしないでいいですよ。（不用顧慮我）」、「気（き）を使（つか）わないでもいいですよ。（請不用費心）」、「そのままでいいですよ。（請留步）」。

POINT!

去他人家中拜訪時，座席間對方起身要幫你倒茶或先到的客人想起身向你致意時，也可說這句話，來避免因為彼此的寒暄而打斷座席間的交談。

到朋友家中拜訪後

🎵 085

すっかり長居してしまいました。
そろそろ失礼します。
su.k.ka.ri.na.ga.i.shi.te.shi.ma.i.ma.shi.ta。
so.ro.so.ro.shi.tsu.re.i.shi.ma.su。

● 長居する：久坐

待了這麼久，我也差不多該告辭了。

じゃあそこまでお送りしますよ。
ja.a.so.ko.ma.de.o.o.ku.ri.shi.ma.su.yo。

那麼我送妳到那裡吧！

いいえ、結構ですよ。どうぞそのままで。
i.i.e、ke.k.ko.o.de.su.yo。do.o.zo.so.no.ma.ma.de。

不，不用了。請留步。

いいえ、お送りしますから!
i.i.e、o.o.ku.ri.shi.ma.su.ka.ra!

不，請讓我送妳。

いえいえ、本当に結構ですから…。
i.e.i.e、ho.n.to.o.ni.ke.k.ko.o.de.su.ka.ra…。

不不，真的不用了。

145

朋友新店開幕

♫ 086

 開店おめでとう！
ka.i.te.n.o.me.de.to.o!

恭喜你開幕！

 おお福田！わざわざありがとう！
o.o.fu.ku.da！wa.za.wa.za.a.ri.ga.to.o!

喔喔！是福田啊！
謝謝你特地過來。

 忙しそうだから、今日はこれで失礼するよ。
i.so.ga.shi.so.o.da.ka.ra、kyo.o.wa.ko.re.de.shi.tsu.re.i.su.ru.yo。

我看你好像很忙，
今天就先告辭了。

 せっかく来てくれたのに、何もお構いできなくて、
悪いね。そこまで送るよ。
se.k.ka.ku.ki.te.ku.re.ta.no.ni、na.ni.mo.o.ka.ma.i.de.ki.na.ku.te、
wa.ru.i.ne。so.ko.ma.de.o.ku.ru.yo。

難得你來，卻沒辦
法好好招待你，真
是不好意思。我送
你到那裡吧！

 気にしないで。そのままでいいよ。
落ち着いたらまた来るから。
ki.ni.shi.na.i.de。so.no.ma.ma.de.i.i.yo。o.chi.tsu.i.ta.ra.ma.ta.ku.ru.ka.ra。

別放在心上，請留
步。等安定下來我
會再來的。

146　● 落ち着く：穩定、安定

44.

謝謝您的邀請

お招きに預かりまして、
まね　　　　あず
o mane ki ni azu ka ri ma shi te

ありがとうございます
a ri ga too go za i ma su

場合

對象

出席宴會、結婚典禮、
發表會…等，見到邀請人時。

朋友、長輩。

換個說法

朋友之間可說
「呼んでくれてありがとう。（謝謝你邀請我來）」、
よ
「知らせてくれてありがとう。（謝謝你通知我來）」。
し

常用短句

● 遠いところお越しいただきありがとうございます。
とお　　　　こ
謝謝您遠道而來。

● こちらこそ。彼此彼此。

● 来てくれてありがとう！謝謝你來！
き

♫ 087

本日はお招きに預かりまして、ありがとうございます。
ho.n.ji.tsu.wa.o.ma.ne.ki.ni.a.zu.ka.ri.ma.shi.te、
a.ri.ga.to.o.go.za.i.ma.su。

今天謝謝您的邀請。

こちらこそ。遠いところお越しいただきありがとうございます。
ko.chi.ra.ko.so。to.o.i.to.ko.ro.o.ko.shi.i.ta.da.ki.
a.ri.ga.to.o.go.za.i.ma.su。

我才謝謝您遠道過來參加。

娘さん、すてきな花嫁姿ですね。
mu.su.me.sa.n、su.te.ki.na.ha.na.yo.me.su.ga.ta.de.su.ne。

● 花嫁：新娘子

令千金的新娘裝扮真的很美呢！

お嫁に出すのが淋しくて～！
o.yo.me.ni.da.su.no.ga.sa.mi.shi.ku.te～!

眞是捨不得她嫁出去。

148

發表會上

 パチパチ
pa.chi.pa.chi

鼓掌聲。

すごくよかったよ！お疲れ様。
su.go.ku.yo.ka.t.ta.yo!o.tsu.ka.re.sa.ma。

表演好精彩喔！辛苦妳了。

来てくれてありがとう！
ki.te.ku.re.te.a.ri.ga.to.o!

謝謝妳來！

呼んでくれてありがとう。楽しかったよ！
yo.n.de.ku.re.te.a.ri.ga.to.o。ta.no.shi.ka.t.ta.yo!

謝謝妳邀請我來，我很高興。

149

45.

我是前幾天預約的～
せんじつよやく
先日予約した～です
sen jitsu yo yaku shi ta de su

場合

告知服務人員已有預約時。

對象

餐廳的店員、飯店櫃台的
服務人員…等。

POINT!

一般會先報上自己的姓名，以便服務人員確認。

常用短句

なんめいさま
● 何名様ですか。請問幾位呢？
しょうしょう ま
● 少々お待ちください。請稍候。
● こちらへどうぞ。這邊請。

♫ 089

いらっしゃいませ。ご予約はいただいていますか？
i.ra.s.sha.i.ma.se。go.yo.ya.ku.wa.i.ta.da.i.te.i.ma.su.ka?

歡迎光臨。請問有訂位嗎？

先日お電話で予約した福田です。
se.n.ji.tsu.o.de.n.wa.de.yo.ya.ku.shi.ta.fu.ku.da.de.su。

我是前幾天有打電話過來預約的福田。

少々お待ちください。
4名様でご予約の福田様ですね。
sho.o.sho.o.o.ma.chi.ku.da.sa.i。
yo.n.me.i.sa.ma.de.go.yo.ya.ku.no.fu.ku.da.sa.ma.de.su.ne。

請稍候。
是預約4位的福田女士對吧！

こちらへどうぞ。
ko.chi.ra.e.do.o.zo。

這邊請。

● ゾロゾロ：衆多人或動物列隊前進的樣子

151

♫ 090

お電話ありがとうございます。

ホテルゆでたまごでございます。

o.de.n.wa.a.ri.ga.to.o.go.za.i.ma.su。
ho.te.ru.yu.de.ta.ma.go.de.go.za.i.ma.su。

● ホテル (hotel)：飯店、旅館

謝謝您的來電，這裡是溫泉蛋旅館。

先日電話で予約した山中です。

se.n.ji.tsu.de.n.wa.de.yo.ya.ku.shi.ta.ya.ma.na.ka.de.su。

我是前幾天有打電話來訂房的山中。

今日と明日の2泊、ダブルで予約したんですが、

ツインに変更できますか？

kyo.o.to.a.shi.ta.no.ni.ha.ku、da.bu.ru.de.yo.ya.ku.shi.ta.n.de.su.ga、
tsu.i.n.ni.he.n.ko.o.de.ki.ma.su.ka？

我訂了今天和明天的雙人房，請問可以改成二張單人床的房間嗎？

すぐお調べしますので、少々お待ちください。

su.gu.o.shi.ra.be.shi.ma.su.no.de、sho.o.sho.o.o.ma.chi.ku.da.sa.i。

● ダブル ＝「ダブルベッド (double bed)」：雙人床 ｜ ● ツイン ＝「ツインルーム (twin room)」：2 個單人床的房間

我立刻查一下，請稍候。

46.

請稍候

<ruby>少<rt>しょう</rt></ruby><ruby>々<rt>しょう</rt></ruby>お<ruby>待<rt>ま</rt></ruby>ちください
shoo shoo o ma chi ku da sa i

場 合

對 象

請客人稍等時。

客人。

POINT!

- 餐廳、售票人員，必須先確認是否有空位才能回覆客人時。
- 轉接電話給其他人時。比「ちょっと<ruby>待<rt>ま</rt></ruby>ってください。（請等一下）」更客氣、有禮貌。

常用短句

- お<ruby>名<rt>な</rt></ruby><ruby>前<rt>まえ</rt></ruby>を<ruby>頂<rt>ちょう</rt></ruby><ruby>戴<rt>だい</rt></ruby>できますか。請問貴姓大名。
- いらっしゃいませ。歡迎光臨。
- お<ruby>待<rt>ま</rt></ruby>たせしました。讓您久等了。

♪091

 いらっしゃいませ。何名様でしょうか？
i.ra.s.sha.i.ma.se。na.n.me.i.sa.ma.de.sho.o.ka?

歡迎光臨。請問總共幾位呢？

 3人です。
sa.n.ni.n.de.su。

3位。

 3名様ですね。少々お待ちください。
sa.n.me.i.sa.ma.de.su.ne。sho.o.sho.o.o.ma.chi.ku.da.sa.i。

3位嗎？請稍候。

 お待たせしました。
お席のご用意ができましたので、
こちらへどうぞ。
o.ma.ta.se.shi.ma.shi.ta。
o.se.ki.no.go.yo.o.i.ga.de.ki.ma.shi.ta.no.de、
ko.chi.ra.e.do.o.zo。

讓您久等了。
已經幫您準備好位置了，
這邊請。

訂機票

♫092

ご利用ありがとうございます。
J&T航空予約係でございます。
go.ri.yo.o.a.ri.ga.to.o.go.za.i.ma.su。
J&T.ko.o.ku.u.yo.ya.ku.ga.ka.ri.de.go.za.i.ma.su。

● 係：擔任某工作（的人）

謝謝您的來電，這裡是J&T航空的訂位專線。

１２月3日の台北行きのエコノミー・チケット
を１枚予約したいんですが。
ju.u.ni.ga.tsu.mi.k.ka.no.ta.i.pe.i.yu.ki.no.e.ko.no.mi.i・chi.ke.t.to.
o.i.chi.ma.i.yo.ya.ku.shi.ta.i.n.de.su.ga。

我想訂1張12月3號往台北的經濟艙機票。

１２月3日ですね。少々お待ちください。
ju.u.ni.ga.tsu.mi.k.ka.de.su.ne。sho.o.sho.o.o.ma.chi.ku.da.sa.i。

12月3號嗎？請稍候。

１名様でしたらまだ空席がございます。
お名前を頂戴できますか？
i.chi.me.i.sa.ma.de.shi.ta.ra.ma.da.ku.u.se.ki.ga.go.za.i.ma.su。
o.na.ma.e.o.cho.o.da.i.de.ki.ma.su.ka？

如果是1位的話目前還有空位，請問貴姓大名呢？

155

47.

這裡有人坐嗎？
ここ、空いていますか
ko ko a i te i ma su ka

場 合

看到有空位時，禮貌上
問一下坐在旁邊的人。

對 象

坐在旁邊位置上的人。

換個説法

也可說
「ここ、誰かいますか。（這裡有人坐嗎？）」或
「ここ、いいですか。（我可以坐這裡嗎？）」。

常用短句

● どうぞ。請。
● 失礼します。打擾了。

中午用餐時間

♫ 093

 すみませんお客様、ここ、空いていますか？
su.mi.ma.se.n.o.kya.ku.sa.ma、ko.ko、a.i.te.i.ma.su.ka?

客人，不好意思。請問這裡有人坐嗎？

 他のお客様とのご相席をお願いして
もよろしいでしょうか？
ho.ka.no.o.kya.ku.sa.ma.to.no.go.a.i.se.ki.o.o.ne.ga.i.shi.te.
mo.yo.ro.shi.i.de.sho.o.ka?

方便和其他客人併桌嗎？

 ええ、どうぞ。誰もいませんよ。
e.e、do.o.zo。da.re.mo.i.ma.se.n.yo。

請，這裡沒有人坐。

 やあ悪いね！
ya.a.wa.ru.i.ne!

唉呀！眞是不好意思！

 （早く席を立とう！）
ha.ya.ku.se.ki.o.ta.to.o!

（我還是趕快離開好了！）

キョロキョロ kyo.ro.kyo.ro	東張西望。
すみません。ここ、空いていますか？ su.mi.ma.se.n。ko.ko、a.i.te.i.ma.su.ka？	不好意思，請問這裡有人坐嗎？
はい、空いていますよ。どうぞ。 ha.i、a.i.te.i.ma.su.yo。do.o.zo。	是，沒有人坐喔！請坐。
失礼します。 shi.tsu.re.i.shi.ma.su。	打擾了。

48.

不好意思

すみません
su　mi　ma　sen

場合 　　　　對象

在餐廳裡叫喚服務人員時。　　　店員、服務人員。

換個說法

在公司或學校裡，當對方是長輩時，一般會在「すみません」的後面加上

● 「申しわけありませんがお時間いただけますか。（抱歉！可以耽誤您一點時間嗎？）」。

● 「お忙しいところ恐縮ですが今、よろしいでしょうか。（不好意思，在您百忙之中可以打擾您一下嗎？）」。

159

♫ 095

 あ〜おいしかった！おなかいっぱいになっちゃった。
a〜o.i.shi.ka.t.ta！o.na.ka.i.p.pa.i.ni.na.c.cha.t.ta。

啊〜真好吃！肚子好飽。

 コーヒーか何か頼まない？
ko.o.hi.i.ka.na.ni.ka.ta.no.ma.na.i？

要不要喝杯咖啡什麼的？

● コーヒー (coffee)：咖啡

 賛成！それならケーキも一緒に頼みたいな。
sa.n.se.i!so.re.na.ra.ke.e.ki.mo.i.s.sho.ni.ta.no.mi.ta.i.na。

贊成！那我還想再點個蛋糕。

● それなら：那麼、那樣的話 | ● ケーキ (cake)：蛋糕

 すみません。メニューを持ってきてもらえますか。
su.mi.ma.se.n。me.nyu.u.o.mo.t.te.ki.te.mo.ra.e.ma.su.ka。

不好意思。可以拿菜單給我嗎？

（さっきおなかいっぱいって言ってなかった？）
sa.k.ki.o.na.ka.i.p.pa.i.t.te.i.t.te.na.ka.t.ta？

(剛才不是還說肚子很飽嗎?)

在百貨公司

♫ 096

 ちょっときついなあ。
cho.t.to.ki.tsu.i.na.a。

有點緊呢！

● きつい：（鞋…等）擠、緊

 すみません。
su.mi.ma.se.n。

不好意思。

 この靴、もうひとつ大きいサイズはありますか？
ko.no.ku.tsu、mo.o.hi.to.tsu.o.o.ki.i.sa.i.zu.wa.a.ri.ma.su.ka？

這雙鞋子，有再大一號的嗎？

● サイズ (size)：尺寸

 少々お待ちください。すぐに調べてまいります。
sho.o.sho.o.o.ma.chi.ku.da.sa.i。su.gu.ni.shi.ra.be.te.ma.i.ri.ma.su。

請稍候，我馬上替您查一下。

49

請給我看菜單

メニューを見せてください

me nyuu o mi se te ku da sa i

場合

進去餐廳，要點餐時。

對象

餐廳的服務人員。

換個説法

也可以說
- 「メニューありますか。(有菜單嗎？)」。
- 「おすすめの料理はありますか。
  (有推薦的餐點嗎？)」。
- 「ランチ用のメニューはありますか。
  (有午餐的菜單嗎？)」。
- 「アフタヌーンティはありますか。
  (有下午茶嗎？）」。
- 「アルコール類ありますか。
  (有酒精類飲料嗎？)」。

在拉麵店

♪ 097

こういう庶民的なお店は初めてだわ。
メニューを見せてください。

ko.o.i.u.sho.mi.n.te.ki.na.o.mi.se.wa.ha.ji.me.te.da.wa。
me.nyu.u.o.mi.se.te.ku.da.sa.i。

我還是第一次進來這種平民的店呢！請給我看菜單。

はい、どうぞ。壁にも本日のおすすめ品が
貼ってありますからね。

ha.i、do.o.zo。ka.be.ni.mo.ho.n.ji.tsu.no.o.su.su.me.hi.n.ga.
ha.t.te.a.ri.ma.su.ka.ra.ne。

好的，請看。牆上也有貼今日推薦的餐點。

ワインのメニューもありますか？

wa.i.n.no.me.nyu.u.mo.a.ri.ma.su.ka？

有葡萄酒的菜單嗎？

● ワイン (wine)：葡萄酒、洋酒

すみません、うちはラーメン屋ですから、
そういうのはちょっと…。

su.mi.ma.se.n、u.chi.wa.ra.a.me.n.ya.de.su.ka.ra、
so.o.i.u.no.wa.cho.t.to…。

不好意思，因為我們是拉麵店，像那種的話可能…。

♫ 098

 こちらが本日のランチメニューとなります。
ko.chi.ra.ga.ho.n.ji.tsu.no.ra.n.chi.me.nyu.u.to.na.ri.ma.su。

這是今日的午餐菜單。

● ランチ (lunch)：午餐

 もうお昼は済んでるのよね。
mo.o.o.hi.ru.wa.su.n.de.ru.no.yo.ne。

已經吃過午餐了。

 ドリンクのメニューを見せてもらえますか？
do.ri.n.ku.no.me.nyu.u.o.mi.se.te.mo.ra.e.ma.su.ka?

可以讓我看飲料的菜單嗎？

● ドリンク (drink)：飲料

 後ろの方がドリンクメニューとなっております。
u.shi.ro.no.ho.o.ga.do.ri.n.ku.me.nyu.u.to.na.t.te.o.ri.ma.su。

後面就是飲料的菜單。

50.

有～的特餐嗎？

～のコースはありますか
no koo su wa a ri ma su ka

場 合

詢問店家有無特餐時。

對 象

店員、服務人員。

POINT!

一般是西式料理才會有Ａ特餐、Ｂ特餐，日本料理則沒有。除了餐廳之外，也可用於詢問補習班或旅行社有無特別的套裝課程、行程等。

常用短句

● 人気があります。
　很受歡迎。
● それにします。
　決定點那個。（請給我那個）

♫ 099

 ご注文はお決まりですか？
go.chu.u.mo.n.wa.o.ki.ma.ri.de.su.ka?

請問決定好要點什麼了嗎？

 こちら初めてなんですが、3000円くらいで
おすすめのコースはありますか？
ko.chi.ra.ha.ji.me.te.na.n.de.su.ga、sa.n.ze.n.e.n.ku.ra.i.de.
o.su.su.me.no.ko.o.su.wa.a.ri.ma.su.ka?

我是第一次來這裡，有3000
圓左右的推薦特餐嗎？

 そうですね、
女性にはAコースが人気がありますね。
so.o.de.su.ne、
jo.se.i.ni.wa.A.ko.o.su.ga.ni.n.ki.ga.a.ri.ma.su.ne。

這樣子的話，A特餐很受女
性客人的歡迎。

 じゃあそれにします。
ja.a.so.re.ni.shi.ma.su。

那麼就決定點那個。

♫ 100

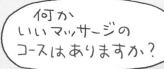

<ruby>最近<rt>さいきん</rt></ruby>、<ruby>仕事<rt>しごと</rt></ruby>の<ruby>疲<rt>つか</rt></ruby>れがたまちゃって…。

sa.i.ki.n、shi.go.to.no.tsu.ka.re.ga.ta.ma.cha.t.te…。

● たまる：積壓、累積

最近，工作上累積了不少疲累。

<ruby>何<rt>なに</rt></ruby>かいいマッサージのコースはありますか？

na.ni.ka.i.i.ma.s.sa.a.ji.no.ko.o.su.wa.a.ri.ma.su.ka?

有沒有什麼適合的療程呢？

<ruby>１５分３１５０円<rt>じゅうごふんさんぜんひゃくごじゅうえん</rt></ruby>のお<ruby>手軽<rt>てがる</rt></ruby>なコースからございますが、<ruby>９０分<rt>きゅうじゅっぷん</rt></ruby>のじっくりコースがいち<ruby>押<rt>お</rt></ruby>しです。

ju.u.go.fu.n.sa.n.ze.n.hya.ku.go.ju.u.e.n.no.o.te.ga.ru.na.ko.o.su.ka.ra.go.za.i.ma.su.ga、kyu.u.ju.p.pu.n.no.ji.k.ku.ri.ko.o.su.ga.i.chi.o.shi.de.su。

我們有15分鐘3150圓的簡單療程和90分鐘的深層抒壓療程。

<ruby>料金<rt>りょうきん</rt></ruby>は15000<ruby>円<rt>いちまんごせんえん</rt></ruby>です。

ryo.o.ki.n.wa.i.chi.ma.n.go.se.n.en.de.su。

費用是15000圓。

<ruby>今日<rt>きょう</rt></ruby>は１５<ruby>分<rt>じゅうごふん</rt></ruby>コースにしておきます。

kyo.o.wa.ju.u.go.fu.n.ko.o.su.ni.shi.te.o.ki.ma.su。

今天選15分鐘的療程好了。

51.

推薦的餐點是什麼呢？
おすすめ料理は何ですか
o su su me ryoo ri wa nan de su ka

場 合

想知道店裡的招牌餐點或
當日的推薦餐點時。

對 象

餐廳的服務人員。

換個説法

也可以説
「おすすめは何ですか。（你推薦什麼餐點呢？）」
「シェフのおすすめは？（主廚推薦是什麼呢？）」。

常用短句

● それを2つください。 請給我2份（個）。
● 申し訳ありません。 很抱歉。

在餐廳

♫ 101

この店のおすすめ料理は何ですか？
ko.no.mi.se.no.o.su.su.me.ryo.o.ri.wa.na.n.de.su.ka?

店裡最推薦的餐點是什麼呢？

● 手打ち：手工製作、手擀

1日5食限定の特製手打ちパスタセットが一番人気です。
i.chi.ni.chi.go.sho.ku.ge.n.te.i.no.to.ku.se.i.te.u.chi.pa.su.ta.se.t.to.ga.i.
chi.ba.n.ni.n.ki.de.su。

1天限量供應5份的特製手擀義大利麵套餐最受歡迎。

● パスタ(義 Pasta)：義大利麵總稱

じゃあそれを2つください。
ja.a.so.re.o.fu.ta.tsu.ku.da.sa.i。

那麼請給我2份。

申し訳ありません。
本日はもうあと1食しかご用意できません。
mo.o.shi.wa.ke.a.ri.ma.se.n。
ho.n.ji.tsu.wa.mo.o.a.to.i.s.sho.ku.shi.ka.go.yo.o.i.de.ki.ma.se.n。

很抱歉。今天只剩下一份而已。

● 用意：準備、預備

今日のおすすめ料理は何ですか？
kyo.o.no.o.su.su.me.ryo.o.ri.wa.na.n.de.su.ka?

今天推薦的餐點是什麼呢？

今日は活きのいい金目鯛が入ってますよ。
kyo.o.wa.i.ki.no.i.i.ki.n.me.da.i.ga.ha.i.t.te.ma.su.yo。

今天有進新鮮的金目鯛魚喔！

● ピチピチ：靈活有精神的樣子

金目鯛ならやっぱり煮付けかな。
ki.n.me.da.i.na.ra.ya.p.pa.ri.ni.tsu.ke.ka.na.

金目鯛魚的話，還是燉煮最好吃吧！

● やっぱり：果然、還是

刺身でもなかなかいけますよ。
sa.shi.mi.de.mo.na.ka.na.ka.i.ke.ma.su.yo.

做成生魚片也很美味喔！

● なかなか：很、非常 ｜ ● いける：好吃、美味

52.

吃起來是什麼味道呢？

これはどんな味_{あじ}ですか

ko　re　wa　don　na　aji　de　su　ka

場　合

看了菜單但不太清楚
食材、烹煮方式或口味時。

對　象

餐廳的服務人員。

換個説法

「これは何_{なん}で作_{つく}るんですか？
（這個是用什麼做的呢？）」
「どうやって調理_{ちょうり}するんですか？
（是用什麼烹煮方式呢？）」

POINT!

避免詢問「おいしいですか？（好吃嗎？）」。
如果有不敢吃或是會引起過敏的食物時，可說
「～は苦手_{にがて}なんですが。（我不敢吃～）」、「～
を使_{つか}っていないものはどれですか？（有沒有哪道菜
是沒有放～的）」。

♫103

タイ料理は初めて。悩むなあ…。
ta.i.ryo.o.ri.wa.ha.ji.me.te.na.ya.mu.na.a…。

● 悩む：煩惱

第一次吃泰式料理。
眞是傷腦筋呢！

これはどんな味ですか？
ko.re.wa.do.n.na.a.ji.de.su.ka?

這道菜吃起來是什麼
味道呢？

そちらは酢と唐辛子を利かせたタイ風サラダです。
so.chi.ra.wa.su.to.to.o.ga.ra.shi.o.ki.ka.se.ta.ta.i.fu.u.sa.ra.da.de.su。

● サラダ (salad)：沙拉

是用醋和辣椒所做成
的泰式沙拉。

結局食べてみないとわからないってことね…。
ke.k.kyo.ku.ta.be.te.mi.na.i.to.wa.ka.ra.na.i.t.te.ko.to.ne…。

嗯～，不吃吃看的話
還是沒辦法知道呢！

在壽司店

♪ 104

じゃあ、適当に見繕って握っていってください。
ja.a、te.ki.to.o.ni.mi.tsu.ku.ro.t.te.ni.gi.t.te.i.t.te.ku.da.sa.i。

● 見繕う：斟酌、酌量

那麼請幫我捏幾個壽司。

あ、ぼくわさびはちょっと苦手なんですが。
a、bo.ku.wa.sa.bi.wa.cho.t.to.ni.ga.te.na.n.de.su.ga。

● 苦手：不擅長、怕

啊！我不太敢吃哇沙米。

わかりました。ではわさび抜きで握りましょう。
wa.ka.ri.ma.shi.ta。de.wa.wa.sa.bi.nu.ki.de.ni.gi.ri.ma.sho.o。

我知道了。那就不加哇沙米。

私のはわさびたっぷり利かせてくださいね。
wa.ta.shi.no.wa.wa.sa.bi.ta.p.pu.ri.ki.ka.se.te.ku.da.sa.i.ne。

● たっぷり：足夠、綽綽有餘｜● 利かせる：使…起作用、利用

我的請幫我多加一些哇沙米喔！

53

麻煩給我～
～をお願<ruby>願<rt>ねが</rt></ruby>いします
o o nega i shi ma su

場合

要點餐或有所要求時。

對象

店員、餐廳的服務人員。

換個說法

也可以說
「～でお願<ruby>願<rt>ねが</rt></ruby>いします。」：麻煩給我～
「～にお願<ruby>願<rt>ねが</rt></ruby>いします。」：麻煩你，我要～
「できれば～をお願<ruby>願<rt>ねが</rt></ruby>いします。」：
可以的話，麻煩給我～
「できれば～にしてください。」：
可以的話，請給我～

在餐廳

♫ 105

いらっしゃいませ。おふたり様ですね。
i.ra.s.sha.i.ma.se。o.fu.ta.ri.sa.ma.de.su.ne。

歡迎光臨，2 位嗎？

禁煙席をお願いします。
ki.n.e.n.se.ki.o.o.ne.ga.i.shi.ma.su。

麻煩給我禁煙區的位子。

それと、できれば静かな席をお願いします。
so.re.to、de.ki.re.ba.shi.zu.ka.na.se.ki.o.o.ne.ga.i.shi.ma.su。

還有，可以的話麻煩給我安靜一點的位子。

かしこまりました。ではこちらへどうぞ。
ka.shi.ko.ma.ri.ma.shi.ta。de.wa.ko.chi.ra.e.do.o.zo。

我知道了，那麼這邊請。

♫ 106

すみません。これと同じマグカップをください。 su.mi.ma.se.n。ko.re.to.o.na.ji.ma.gu.ka.p.pu.o.ku.da.sa.i。		不好意思,請給我和這個一樣的馬克杯。
はい、ただ今。 ha.i、ta.da.i.ma。		好的,馬上為您準備。
こちらでよろしいですか? ko.chi.ra.de.yo.ro.shi.i.de.su.ka?		這個可以嗎?
はい、いいです。 ha.i、i.i.de.su。		是,可以。
ご自宅用ですか?プレゼント用ですか? go.ji.ta.ku.yo.o.de.su.ka?pu.re.ze.n.to.yo.o.de.su.ka?		請問是自用還是送禮用的呢?
プレゼント用にお願いします。 pu.re.ze.n.to.yo.o.ni.o.ne.ga.i.shi.ma.su。		麻煩幫我包裝。

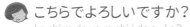

● プレゼント (present):禮物

54.

請做五分熟

ミディアムでお願いします
mi di a mu de o nega i shi ma su

場合

點餐時，告訴服務人員
牛排的熟度時。

對象

餐廳的服務人員。

POINT!

牛排的熟度一般分成
「レア（3分熟）」、
「ミディアム（5分熟）」、
「ウェルダン（全熟）」3種。

常用短句

● ご注文はお決まりですか？
　請問決定好要點什麼了嗎？
● かしこまりました。
　我知道了。

🎵 107

 ステーキを2つください。
su.te.e.ki.o.fu.ta.tsu.ku.da.sa.i。

● ステーキ (steak)：牛排

請給我2客牛排。

 ステーキの焼き加減はいかがいたしますか？
su.te.e.ki.no.ya.ki.ka.ge.n.wa.i.ka.ga.i.ta.shi.ma.su.ka?

● 加減：調整、調節

請問牛排要幫您做幾分
熟呢？

 ミディアムでお願いします。
mi.di.a.mu.de.o.ne.ga.i.shi.ma.su。

● ミディアム (medium)：(牛排) 5分熟

請做5分熟。

 私はレアでお願いします。
wa.ta.shi.wa.re.a.de.o.ne.ga.i.shi.ma.su。

● レア (rare)：(牛排) 3分熟

我的麻煩做3分熟。

在牛排店

♫ 108

ご注文はお決まりですか？
go.chu.u.mo.n.wa.o.ki.ma.ri.de.su.ka?

請問決定好要點什麼了嗎？

大根サラダひとつに、
和風ステーキひとつお願いします。
da.i.ko.n.sa.ra.da.hi.to.tsu.ni、
wa.fu.u.su.te.e.ki.hi.to.tsu.o.ne.ga.i.shi.ma.su。

請給我一個白蘿蔔沙拉和一份和風牛排。

ステーキはしっかり焼いてください。
su.te.e.ki.wa.shi.k.ka.ri.ya.i.te.ku.da.sa.i。

● しっかり：好好地

牛排請幫我煎熟一點。

ウェルダンですね。かしこまりました。
we.ru.da.n.de.su.ne。ka.shi.ko.ma.ri.ma.shi.ta。

● ウェルダン (well-done)：(牛排) 全熟

要全熟是吧！我知道了。

179

55.

可以打包嗎？
持ち帰ることはできますか
mo chi kae ru ko to wa de ki ma su ka

場 合

想將吃剩的菜餚或是
點心打包時。

對 象

餐廳的服務人員。

換個説法

也可以說
「包んでもらえますか。（可以幫我打包嗎？）」
「テイクアウトできますか。（可以外帶嗎？）」

常用短句

● 食べ切れなかったね。
吃不完呢！
● もったいないよね。
好浪費喔！

在牛排店 ♫ 109

食べ切れなかったね。
ta.be.ki.re.na.ka.t.ta.ne。

吃不完呢！

もったいないよねえ。
mo.t.ta.i.na.i.yo.ne.e。

好浪費喔！

● もったいない：可惜、浪費

ちょっとお店の人に聞いてみよう。すみませ～ん。
cho.t.to.o.mi.se.no.hi.to.ni.ki.i.te.mi.yo.o。su.mi.ma.se～n。

我問一下店裡的人好了。不好意思。

これを持ち帰ることはできますか？
ko.re.o.mo.chi.ka.e.ru.ko.to.wa.de.ki.ma.su.ka？

請問這個可以打包嗎？

できますよ。お包みしますので、
少々お待ちください。
de.ki.ma.su.yo。o.tsu.tsu.mi.shi.ma.su.no.de、
sho.o.sho.o.o.o.ma.chi.ku.da.sa.i。

可以啊！我幫您打包，請稍候。

181

♬110

この店、当たりだったね。
ko.no.mi.se、a.ta.ri.da.t.ta.ne。

うん、おいしかった〜！
u.n、o.i.shi.ka.t.ta〜！

這間店真是選對了。

嗯！真的很好吃！

私とくに最後のデザートには感動した！
wa.ta.shi.to.ku.ni.sa.i.go.no.de.za.a.to.ni.wa.ka.n.do.o.shi.ta!

私も！
wa.ta.shi.mo!

特別是最後的甜點，讓我最感動了！

我也是！

すみません。ここのデザートはテイクアウトできますか？
su.mi.ma.se.n。ko.ko.no.de.za.a.to.wa.te.i.ku.a.u.to.de.ki.ma.su.ka?

● テイクアウト（take out）：外帶

不好意思。請問這裡的甜點可以外帶嗎？

申し訳ございません。テイクアウトはお取扱いしていないんです。
mo.o.shi.wa.ke.go.za.i.ma.se.n。te.i.ku.a.u.to.wa.o.to.ri.a.tsu.ka.i.shi.te.i.na.i.n.de.su。

● 取扱い：受理、處理

很抱歉。本店沒有提供外帶。

182

餐廳

請幫我結帳

お勘定を
o kan joo o

場　合

請服務人員結帳時。

對　象

餐廳的服務人員。

 「お勘定お願いします。（麻煩你幫我結帳）」，是更禮貌的說法。

換個說法

 在餐廳用完餐後要買單時，有些店是只要坐在位置上就可結帳，有些則要到櫃台。不確定時可問「会計は？」或「お支払いは？（在哪裡結帳呢？）」。

POINT!

56.

🎵 111

 そろそろ出ようか。
so.ro.so.ro.de.yo.o.ka。

差不多該走了吧！

 そうね、混んできたし。
so.o.ne、ko.n.de.ki.ta.shi。

也好，而且很多人。

● 混む：擁擠

今日はぼくがカードで払うよ。
kyo.o.wa.bo.ku.ga.ka.a.do.de.ha.ra.u.yo。

今天我用信用卡付款好了。

●「カード」=「クレジットカード」，信用卡 │ ● 払う：支付

 すみません。お勘定を。
su.mi.ma.se.n。o.ka.n.jo.o.o。

不好意思，請幫我結帳。

 カードでしたら、あちらのレジでお願いします。
ka.a.do.de.shi.ta.ra、a.chi.ra.no.re.ji.de.o.ne.ga.i.shi.ma.su。

刷卡的話，麻煩到那裡的收銀台結帳。

●「レジ」=「レジスター」，收銀台

結帳時

♫ 112

今日は私におごらせて。
kyo.o.wa.wa.ta.shi.ni.o.go.ra.se.te。

今天讓我請客。

● おごる：請客，「おごらせる」是使役形

そんな、割り勘にしようよ。
so.n.na、wa.ri.ka.n.ni.shi.yo.o.yo。

不要啦！各付各的嘛！

いいから、いいから。この前のお礼よ。
i.i.ka.ra、i.i.ka.ra。ko.no.ma.e.no.o.re.i.yo。

沒關係、沒關係。就算是之前的謝禮。

お会計はこちらでいいんですか？
o.ka.i.ke.i.wa.ko.chi.ra.de.i.i.n.de.su.ka?

請問是在這裡結帳嗎？

● お会計：結帳、結帳的地方

はい、こちらでお願いします。カードですか、キャッシュですか？
ha.i、ko.chi.ra.de.o.ne.ga.i.shi.ma.su。ka.a.do.de.su.ka、kya.s.shu.de.su.ka?

是的，請在這裡結帳。請問刷卡還是付現呢？

● キャッシュ (cash)：現金

57.

請幫我們分開結帳

別々にしてください
betsubetsu ni shi te ku da sa i

場 合

想個別付帳時。

對 象

結帳人員。

換個説法

也可以說
「別々でお願いします。（請幫我們分開結帳）」
「一人ずつにしてください。（請個別結帳）」

常用短句

● お会計はご一緒でよろしいですか？
一起結帳嗎？
● 私も。
我也是。

 ゾロゾロ
zo.ro.zo.ro

很多人、動物列隊前進的樣子。

 お会計はご一緒でよろしいですか？
o.ka.i.ke.i.wa.go.i.s.sho.de.yo.ro.shi.i.de.su.ka?

一起結帳嗎？

 すみませんが、別々にしてください。
su.mi.ma.se.n.ga、be.tsu.be.tsu.ni.shi.te.ku.da.sa.i.

不好意思，請幫我們分開結帳。

 かしこまりました。では本日のランチ、
お一人様1050円ずつになります。
ka.shi.ko.ma.ri.ma.shi.ta。de.wa.ho.n.ji.tsu.no.ra.n.chi、
o.hi.to.ri.sa.ma.se.n.go.ju.u.e.n.zu.tsu.ni.na.ri.ma.su。

我知道了，那麼今日午餐每位各1050圓。

 あら、細かいのがないわ。
a.ra、ko.ma.ka.i.no.ga.na.i.wa。

唉呀！我沒有零錢呢！

 私も全然ないの。
wa.ta.shi.mo.ze.n.ze.n.na.i.no。

我也是。

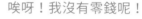

それじゃあ別々に払うことにしましょう。
so.re.ja.a.be.tsu.be.tsu.ni.ha.ra.u.ko.to.ni.shi.ma.sho.o。

那我們分開付好了！

 すみませんけど、別々にしてください。
su.mi.ma.se.n.ke.do、be.tsu.be.tsu.ni.shi.te.ku.da.sa.i。

不好意思，請幫我們分開結帳。

 かしこまりました。ではまずカルボナーラと
カプチーノのお客様、1500円になります。
ka.shi.ko.ma.ri.ma.shi.ta。de.wa.ma.zu.ka.ru.bo.na.a.ra.to.
ka.pu.chi.i.no.no.o.kya.ku.sa.ma、se.n.go.hya.ku.e.n.ni.na.ri.
ma.su。

了解，那麼首先是點黑胡椒培根起司義大利麵和卡布奇諾的客人，總共是1500圓。

58.

～先生・小姐
～さん
san

場 合

對 象

稱呼對方時。不論男女，
後面都可加「さん」。

○同事、朋友、下屬
×小朋友

POINT!

一般初次見面的情況下，直呼對方的名字或姓氏
都是很失禮的。
但在公司裡，當上司叫下屬或對外稱呼自己公司
的人員時，有時會不加「さん」，而直接叫姓氏。

常用短句

● どちらのご出身（しゅっしん）ですか。是哪裡人呢？

● 一緒（いっしょ）に行（い）かない？ 要不要一起去呢？

● 残念（ざんねん）ですね。真是可惜！

 はじめまして。森山と申します。
ha.ji.me.ma.shi.te。mo.ri.ya.ma.to.mo.o.shi.ma.su。

初次見面，敝姓森山。

 はじめまして。北村です。
ha.ji.me.ma.shi.te。ki.ta.mu.ra.de.su。

初次見面，我是北村。

 北村さんはどちらのご出身ですか?
ki.ta.mu.ra.sa.n.wa.do.chi.ra.no.go.shu.s.shi.n.de.su.ka?

北村先生是哪裡人呢?

 北海道です。
ho.k.ka.i.do.o.de.su。

我是北海道人。

 えっ! 私もですよ!
北海道のどちらですか?
e!wa.ta.shi.mo.de.su.yo!
ho.k.ka.i.do.o.no.do.chi.ra.de.su.ka?

咦！我也是北海道人喔！
是北海道的哪裡呢?

在學校

♫ 116

高橋さん。今日K大スキー部の人たちと飲み会があるんだけど、一緒に行かない？

ta.ka.ha.shi.sa.n。kyo.o.K.da.i.su.ki.i.bu.no.hi.to.ta.chi.to.no.mi.ka.i.ga.a.ru.n.da.ke.do，i.s.sho.ni.i.ka.na.i?

高橋（小姐）！今天有個和K大滑雪社的聚餐，要不要一起去呢？

あのリッチでイケメンが多いっていうK大の？あ〜、でも今日に限って予定が入ってるの。

a.no.ri.c.chi.de.i.ke.me.n.ga.o.o.i.t.te.i.u.K.da.i.no?
a〜.de.mo.kyo.o.ni.ka.gi.t.te.yo.te.i.ga.ha.i.t.te.ru.no。

那個既有錢又有很多帥哥的K大嗎？啊〜可是我今天已經有約了。

● リッチ (rich)：富裕、有錢人 | ● イケメン：帥哥

そうなの、残念！また今度誘うからね。

so.o.na.o、za.n.ne.n!ma.ta.ko.n.do.sa.so.u.ka.ra.ne。

這樣啊！真是可惜！下次再約妳囉！

うん、絶対ね！

u.n、ze.t.ta.i.ne!

嗯！一定喔！

191

59.

～先生・女士
～様
sama

場　合

尊稱對方時。
比「さん」更尊敬。

對　象

客人、尊敬的人。

POINT!

比較常見的有：「お客様」、「ご主人様」、「奥様」、「皆様」…等。另外，像是皇室的「雅子様」、「愛子様」也會在名字後加上「様」來表示尊敬。

在日本擁有許多粉絲的韓國影星－裴勇俊（ペヨンジュン）的暱稱也被稱爲「ヨン様」。

除了對人之外，也用來尊稱神明「神様」、「マリア様」、「観音様」。

在餐廳

♫ 117

いらっしゃいませ。
i.ra.s.sha.i.ma.se。

歡迎光臨。

7時に予約をしている川口です。
shi.chi.ji.ni.yo.ya.ku.o.shi.te.i.ru.ka.wa.gu.chi.de.su。

我是訂 7 點的川口。

川口様ですね。少々お待ちください。
ka.wa.gu.chi.sa.ma.de.su.ne。sho.o.sho.o.o.ma.chi.ku.da.sa.i。

川口女士嗎？請稍候。

おふたりでご予約の川口様ですね。
ようこそお越しくださいました。
o.fu.ta.ri.de.go.yo.ya.ku.no.ka.wa.gu.chi.sa.ma.de.su.ne。
yo.o.ko.so.o.ko.shi.ku.da.sa.i.ma.shi.ta。

您是訂 2 位的川口女士吧！歡迎您的光臨。

ピンポーン pi.n.po.o.n	（按電鈴的）叮咚聲。

 はい、どちら様でしょうか？
ha.i、do.chi.ra.sa.ma.de.sho.o.ka？

是，請問是哪位呢？

 隣の福田です。お母様はいらっしゃいますか？
to.na.ri.no.fu.ku.da.de.su。o.ka.a.sa.ma.wa.i.ra.s.sha.i.ma.su.ka？

我是隔壁的福田，令堂在家嗎？

● 「いらっしゃる」是「いる（在）」的敬語

 少々お待ちください。
sho.o.sho.o.o.ma.chi.ku.da.sa.i。

請稍候。

60.

老公・你
あなた
a na ta

場合

廣泛用於妻子稱呼丈夫時。

對象

○自己的丈夫；同輩、晚輩
×長輩

POINT!

日語中常省略第二人稱，但在不知道對方名字的情況下，可使用第二人稱「あなた（你）」。
但不能用來直呼長輩喔！

常用短句

- <ruby>起<rt>お</rt></ruby>きてください。快起床。
- <ruby>心配<rt>しんぱい</rt></ruby>しすぎだよ。你太過擔心了啦！
- ご<ruby>親切<rt>しんせつ</rt></ruby>にどうも。謝謝您的好意。

♫119

	ちょっと、あなた。起きてください。ご飯ですよ。 cho.t.to、a.na.ta。o.ki.te.ku.da.sa.i。go.ha.n.de.su.yo。	那個，老公。起床了，該吃飯了喔！
	ああ。テレビを見てる間に寝ちゃったみたいだな。 a.a。te.re.bi.o.mi.te.ru.a.i.da.ni.ne.cha.t.ta.mi.ta.i.da.na。	啊啊。看電視的時候不小心睡著了。
	風邪を引くから気を付けてくださいね。 ka.ze.o.hi.ku.ka.ra.ki.o.tsu.ke.te.ku.da.sa.i.ne。	小心別感冒了啊！
	心配しすぎだよ。 shi.n.pa.i.shi.su.gi.da.yo。	妳太過擔心了啦！
	電気代と薬代も心配なの！ de.n.ki.da.i.to.ku.su.ri.da.i.mo.shi.n.pa.i.na.no!	我是擔心電費和醫藥費。

在車站

🎵 120

ちょっと、そこの白いコート着てるあなた。 cho.t.to、so.ko.no.shi.ro.i.ko.o.to.ki.te.ru.a.na.ta。 ● コート (coat)：大衣	那個，穿白色大衣的妳。
私ですか？ wa.ta.shi.de.su.ka?	是我嗎？
ハンカチ落とされましたよ。 ha.n.ka.chi.o.to.sa.re.ma.shi.ta.yo。	妳的手帕被弄掉了喔！
あ、ご親切にどうも…。 a、go.shi.n.se.tsu.ni.do.o.mo…。	啊！謝謝你。
なかなか王子様はハンカチ拾ってくれないな～。 na.ka.na.ka.o.o.ji.sa.ma.wa.ha.n.ka.chi.hi.ro.t.te.ku.re.na.i.na～。 ● ハンカチ (hand kerchief)：手帕	爲什麼不是王子撿了我的手帕呢～。

61.

你
きみ
君
kimi

場　合

叫喚他人時。用於男性叫喚
男性、男性叫喚女性。

對　象

○晚輩
×長輩

POINT!

日語中經常省略第二人稱,一般大多直接稱呼對
方的名字。但在不知道或不記得對方名字的情況
下,年長男性通常會稱呼晚輩「君」(男女皆
可)。

稱呼

🎵 121

ヒラヒラ
hi.ra.hi.ra

（紙、樹葉）飄的聲音。

あ、ちょっと君！これ、落としたよ。
a、cho.t.to.ki.mi！ko.re、o.to.shi.ta.yo。

啊！你等一下！這個掉了喔！

どうもありがとうございます。
do.o.mo.a.ri.ga.to.o.go.za.i.ma.su。

謝謝。

すみません…。
su.mi.ma.se.n…。

不好意思。

ま、いいから、いいから。
ma、i.i.ka.ra、i.i.ka.ra。

不會、不會。

🎵 122

今日からこの授業を担当することになった
鈴木です。どうぞよろしく！
kyo.o.ka.ra.ko.no.ju.gyo.o.o.ta.n.to.o.su.ru.ko.to.ni.na.t.ta.
su.zu.ki.de.su。do.o.zo.yo.ro.shi.ku!

我是從今天開始擔任講師的鈴木，請多多指教。

じゃあ君たちの自己紹介からお願いします。
ja.a.ki.mi.ta.chi.no.ji.ko.sho.o.ka.i.ka.ra.o.ne.ga.i.shi.ma.su。

那麼，請你們先自我介紹一下。

はい、ではそこの一番前に座ってる君から。
ha.i、de.wa.so.ko.no.i.chi.ba.n.ma.e.ni.su.wa.t.te.ru.ki.mi.ka.ra。

好，那就從坐在那邊的第一個你開始。

はい。
ha.i。

是。

200

62.

~（君）
~君
くん
kun

場　合

用來稱呼對方時。
大多接在男性姓氏或名字後面。

對　象

○同輩、晚輩
×上司、長輩

POINT!

在公司裡，上司也會用「君」來叫喚下屬，在此
場合中則沒有男女之別。

常用短句

● いいお名前だね。很好聽的名字呢！
　　　な まえ

● 手があいてたらちょっと来てくれる?
　 て　　　　　　　　　　 き
　　如果有空的話可以過來一下嗎？

	はじめまして。お名前は何て言うの？ ha.ji.me.ma.shi.te。o.na.ma.e.wa.na.n.te.i.u.no?	初次見面，你叫什麼名字呢？
	大輔です。 da.i.su.ke.de.su。	我叫大輔。
	大輔君っていうんだ。いいお名前だね。 da.i.su.ke.ku.n.tte.i.u.n.da。i.i.o.na.ma.e.da.ne。	大輔（君）啊！很好聽的名字呢！
	（えっ、男の子だったんだ！） e、o.to.ko.no.ko.da.t.ta.n.da!	（什麼？原來是男生啊！）
	大輔君はいくつ？ da.i.su.ke.ku.n.wa.i.ku.tsu?	大輔（君）今年幾歲啦？
	4つ。 yo.t.tsu。	4歲。

森山君、手があいてたらちょっと来てくれる？
mo.ri.ya.ma.ku.n、te.ga.a.i.te.ta.ra.cho.t.to.ki.te.ku.re.ru？

● 手が開く：空閒

森山（君），如果有空的話可以過來一下嗎？

はい、何でしょうか？
ha.i、na.n.de.sho.o.ka？

是，有什麼事嗎？

この仕事、後でやっといてもらえないかな？
ko.no.shi.go.to、a.to.de.ya.t.to.i.te.mo.ra.e.na.i.ka.na？

等一下可以幫我做這個工作嗎？

いいですよ。
i.i.de.su.yo。

好啊！

63.

小～
～ちゃん
chan

場 合

稱呼對方時。較爲親暱。
主要加在女生名字後面。

對 象

○同輩、晚輩（小朋友）
×長輩、上司、年長者

POINT!

父母也會用「～ちゃん」來暱稱自己正在就讀幼
稚園或小學低年級的孩子，不分男女皆可使用。

常用短句

● 遅_{おそ}くならないうちに帰_{かえ}るのよ。
　別太晚回家喔！
● わかってるよ。
　我知道啦。

稱呼

母子的對話

♫125

里奈ちゃん、遅くならないうちに帰るのよ。
ri.na.cha.n、o.so.ku.na.ra.na.i.u.chi.ni.ka.e.ru.no.yo。

（小）里奈，別太晚回家喔！

● ～うちに：趁…時候

うん、わかってるよ。
u.n、wa.ka.t.te.ru.yo。

嗯！我知道啦！

それから、七海ちゃんとけんかしちゃだめよ。
so.re.ka.ra、na.na.mi.cha.n.to.ke.n.ka.shi.cha.da.me.yo。

還有，不可以跟（小）七海吵架喔！

● けんか：爭吵、打架

もう！お母さんったら。
そこまで心配しなくていいのに。
mo.o！o.ka.a.sa.n.t.ta.ra。
so.ko.ma.de.shi.n.pa.i.shi.na.ku.te.i.i.no.ni。

媽媽眞是的！
不用連那種事都擔心吧！

♪126

	七海ちゃんのお母さん、こんにちは！ na.na.mi.cha.n.no.o.ka.a.sa.n、ko.n.ni.chi.wa。	（小）七海的媽媽，您好！
	いつもうちの里奈がお邪魔してすみません。 i.tsu.mo.u.chi.no.ri.na.ga.o.ja.ma.shi.te.su.mi.ma.se.n。	我家的里奈常常去打擾您，真不好意思。
	うちの七海こそしょっちゅうお宅に遊びにいかせてもらってますよ。 u.chi.no.na.na.mi.ko.so.sho.c.chu.u.o.ta.ku.ni.a.so.bi.ni.i.ka.se.te.mo.ra.t.te.ma.su.yo。 ● 「しょっちゅう」＝「いつも」：常常。較口語	我家的七海也常常去你們家玩啊！
	今度4人でどこかにお出かけしませんか？ ko.n.do.yo.ni.n.de.do.ko.ka.ni.o.de.ka.ke.shi.ma.se.n.ka？	下次要不要4個人一起出去啊？
	いいですね！ i.i.de.su.ne！	好啊！

64.

您先生
ご主人
しゅ じん
go shu jin

場　合

尊稱對方的丈夫時。

對　象

鄰居、朋友、長輩。

也可說「ご亭主」。
ていしゅ

換個説法

談及自己丈夫時則說「主人」、「旦那」、
しゅじん　　　だん な
「亭主」、「うちの人（我家那口子）」。
ていしゅ　　　　　ひと

POINT!

在路上遇見朋友

🎵127

あら、福田の奥さん。 a.ra、fu.ku.da.no.o.ku.sa.n。	唉呀！是福田太太。
こんにちは。星野さん。いいお天気ですね。 ko.n.ni.chi.wa。ho.shi.no.sa.n。i.i.o.te.n.ki.de.su.ne。	午安，星野女士。今天天氣真好呢！
本当に。ご主人はお元気？ ho.n.to.o.ni。go.shu.ji.n.wa.o.ge.n.ki?	眞的。您先生最近過得還好嗎？
はい、おかげさまで。主人の妹が 来月結婚するので、うきうきしています。 ha.i、o.ka.ge.sa.ma.de。shu.ji.n.no.i.mo.o.to.ga. ra.i.ge.tsu.ke.k.ko.n.su.ru.no.de、u.ki.u.ki.shi.te.i.ma.su。	是，託您的福。因爲我先生的妹妹下個月要結婚，每天都很開心。

在同學會

♫ 128

福ちゃん、お久しぶり。結婚するって本当？
fu.ku.cha.n、o.hi.sa.shi.bu.ri。ke.k.ko.n.su.ru.t.te.ho.n.to.o?

小福，好久不見。聽說妳要結婚了，是真的嗎？

うん、来月にね。今度福田から松井になるの。
u.n、ra.i.ge.tsu.ni.ne。ko.n.do.fu.ku.da.ka.ra.ma.tsu.i.ni.na.ru.no。

嗯，下個月。就要從福田變成松井了。

もうすぐだね、おめでとう！
ご主人になる人はどんな人？
mo.o.su.gu.da.ne、o.me.de.to.o!
go.shu.ji.n.ni.na.ru.hi.to.wa.do.n.na.hi.to?

快到了呢！恭喜。
您先生是個怎麼樣的人呢？

優しくていい人よ。そのうち紹介するね。
ya.sa.shi.ku.te.i.i.hi.to.yo。so.no.u.chi.sho.o.ka.i.su.ru.ne。

是個個性溫柔、善良的人喔！改天再介紹給妳認識。

● そのうち：改天、過些日子

209

65

夫人
奥様
おく さま

oku sama

場合

對象

尊稱對方的太太時。

鄰居、朋友、長輩。

換個説法

也可以說「奥さん」。
おく

POINT!

談及自己的妻子時則說「家内（內人）」、
か ない
「女房（老婆）」、「カミさん（老婆）」。
にょうぼう

（咦！）

この方が先生の奥様ですか？
お若いですね。

ko.no.ka.ta.ga.se.n.se.i.no.o.ku.sa.ma.de.su.ka?
o.wa.ka.i.de.su.ne。

這位是老師的夫人嗎？
好年輕喔！

いや、うちのは結構いってるんだよ。
若作りしてるだけだから。

i.ya、u.chi.no.wa.ke.k.ko.o.i.t.te.ru.n.da.yo。
wa.ka.zu.ku.ri.shi.te.ru.da.ke.da.ka.ra。

哪有，已經年紀不輕了，只
是打扮得年輕一點而已。

先生、それは照れ隠しでしょう。

se.n.se.i、so.re.wa.te.re.ka.ku.shi.de.sho.o。

老師，別覺得難爲情嘛！

● 照れ隠し：掩飾、遮羞

♫ 130

 いらっしゃいませ。
i.ra.s.sha.i.ma.se。

歡迎光臨。

 家内の誕生日にプレゼントを探していまして。
ka.na.i.no.ta.n.jo.o.bi.ni.pu.re.ze.n.to.o.sa.ga.shi.te.i.ma.shi.te。

我在找要送給內人的生日禮物。

 ネックレスなんか、
どうかなあと思ってるんですけど。
ne.k.ku.re.su.na.n.ka、do.o.ka.na.a.to.o.mo.t.te.ru.n.de.su.ke.do。

我在想說送項鍊之類的，不曉得如何。

● ネックレス (necklace)：項鍊

 奥様へのプレゼントでしたら、こちらいかがでしょう？
今ミセスの方々に大人気のタイプですよ。
o.ku.sa.ma.e.no.pu.re.ze.n.to.de.shi.ta.ra、ko.chi.ra.i.ka.ga.de.sho.o？
i.ma.mi.se.su.no.ka.ta.ga.ta.ni.da.i.ni.n.ki.no.ta.i.pu.de.su.yo。

如果是要送給夫人的話，這個如何呢？這是最近相當受女性們歡迎的款式喔！

進階篇

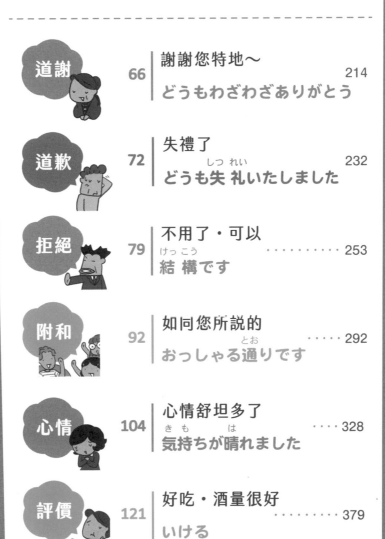

66.

謝謝您特地～
どうもわざわざありがとう
doo mo wa za wa za a ri ga too

場合

向對方表示感謝時。

對象

朋友、同事、長輩。

對較親近的人可以省略
「ありがとうございます」→「わざわざどうも」。
但用於正式的場合或長輩時，則顯得失禮，要特
別注意！

常用短句

● よろしければどうぞ。
可以的話請收下。
● お好きかどうかわからなかったのですが…。
不知道您喜不喜歡…。

朋友來家裡拜訪

♫ 131

 これ、先日所用で博多に行った際のおみやげです。
よろしければどうぞ。
ko.re、se.n.ji.tsu.sho.yo.o.de.ha.ka.ta.ni.i.t.ta.sa.i.no.o.mi.ya.ge.de.su。
yo.ro.shi.ke.re.ba.do.o.zo。

這個是我前幾天去博多辦事情的時候所買的名產。可以的話請收下。

 どうもわざわざありがとう。
do.o.mo.wa.za.wa.za.a.ri.ga.to.o。

謝謝您特地費心。

 お好きかどうかわからなかったのですが、
博多名物の辛子明太子です。
o.su.ki.ka.do.o.ka.wa.ka.ra.na.ka.t.ta.no.de.su.ga、
ha.ka.ta.me.i.bu.tsu.no.ka.ra.shi.me.n.ta.i.ko.de.su。

不知道您喜不喜歡，這是博多著名的明太子。

 まあ、私これが大好物なんですよ!
ma.a、wa.ta.shi.ko.re.ga.da.i.ko.o.bu.tsu.na.n.de.su.yo!

哎呀！這可是我最喜歡的呢！

🎵 132

森山さん、これ、読みたいって言ってたミステリー。
mo.ri.ya.ma.sa.n、ko.re、yo.mi.ta.i.t.te.i.t.te.ta.mi.su.te.ri.i。

● ミステリー（mystery）：推理小説

森山小姐，這是妳上次說想看的推理小說。

持ってきてくれたの？わざわざどうも。
mo.t.te.ki.te.ku.re.ta.no?wa.za.wa.za.do.o.mo。

妳帶來了啊？謝謝妳特地帶來。

すごくおもしろかったよ！本当の犯人はね…。
su.go.ku.o.mo.shi.ro.ka.t.ta.yo!ho.n.to.o.no.ha.n.ni.n.wa.ne…。

很有趣喔！真正的犯人就是…。

それはわざわざ言わなくていいよ！
so.re.wa.wa.za.wa.za.i.wa.na.ku.te.i.i.yo!

這就不必特地告訴我了！

67.

我就不客氣收下了

ありがたく頂戴いたします
ちょう だい
a ri ga ta ku choo dai i ta shi ma su

場合

收下禮物或獎品時。

對象

親戚、長輩…等。

朋友之間可以說
「ありがとう。（謝謝）」、
「じゃあ、ありがたくもらっておくね。
（謝謝，那我就收下了）」。

換個説法

也可用於收到對方的名片時。

POINT!

在親戚家

この着物、おばさんが若い頃着てたのよ。
ko.no.ki.mo.no、o.ba.sa.n.ga.wa.ka.i.ko.ro.ki.te.ta.no.yo。

這件和服，是嬸嬸我年輕的時候穿過的喔！

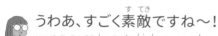
うわあ、すごく素敵ですね〜！
u.wa.a、su.go.ku.su.te.ki.de.su.ne〜！

● 素敵：非常好、非常漂亮

哇〜，好漂亮喔！

あなたに似合うと思うのよ。よかったら着てもらえないかな。
a.na.ta.ni.ni.a.u.to.o.mo.u.no.yo。yo.ka.t.ta.ra.ki.te.
mo.ra.e.na.i.ka.na。

● 似合う：適合

我覺得滿適合妳的呢！不嫌棄的話就給妳穿吧！

えっ、いいんですか？うれしい！
ありがたく頂戴いたします。
e、i.i.n.de.su.ka？u.re.shi.i！
a.ri.ga.ta.ku.cho.o.da.i.i.ta.shi.ma.su。

咦？真的嗎？好高興！
那麼我就不客氣收下了。

218

夢見自己得獎

♫ 134

 アート・コンテストの大賞は…プニー山本さんです！
a.a.to・ko.n.te.su.to.no.ta.i.sho.o.wa…pu.ni.i.ya.ma.mo.to.sa.n.de.su。

贏得藝術競賽的是…Punny山本小姐！

● アート（art）：藝術 ｜ ● コンテスト（contest）：競賽、比賽

 受賞おめでとうございます。
ju.sho.o.o.me.de.to.o.go.za.i.ma.su。

恭喜您得獎。

 ありがとうございます。
a.ri.ga.to.o.go.za.i.ma.su。

謝謝。

 賞金のファーストクラス航空券1万枚です。
sho.o.ki.n.no.fa.a.su.to.ku.ra.su.ko.o.ku.u.ke.n.i.chi.ma.n.ma.i.de.su。

獎金是頭等艙機票一萬張。

 ありがたく頂戴させていただきます。
a.ri.ga.ta.ku.cho.o.da.i.sa.se.te.i.ta.da.ki.ma.su。

我就不客氣收下這份厚禮了。

 なんだ、夢か…。
na.n.da、yu.me.ka…。

什麼嘛！原來是做夢…。

219

68

是我一直想要的東西

ずっと欲しかった物です
zu tto ho shi ka tta mono de su

場合

打開禮物後，
向對方表達感謝時。

對象

朋友、長輩。

換個説法

也可以說
- 「いつも珍しいお品をありがとうございます。（謝謝你總是送我這麼珍貴的東西）」。
- 「大変助かります。（我剛好需要這個東西）」。

朋友之間可說
- 「これ、すごくほしいと思ってた。
（這是我一直很想要的東西）」。

POINT!

禮貌上來說，最好避免在對方面前打開禮物。但對方是朋友…等較親近的人時，可問
- ここであけてもいいですか。我可以在這裡打開嗎？
- みてもいいですか。可以打開來看嗎？

收到鄰居送的禮物

♫135

ねえ伊藤さん、よかったらこのお鍋、
使ってもらえませんか？

ne.e.i.to.o.sa.n、yo.ka.t.ta.ra.ko.no.o.na.be、
tsu.ka.t.te.mo.ra.e.ma.se.n.ka?

我說伊藤太太，不介意的
話這個鍋子請拿去用吧！

これ、ずっと欲しかった物です。

ko.re、zu.t.to.ho.shi.ka.t.ta.mo.no.de.su。

這個是我一直想要的東
西。

でも本当にいただいてもいいんですか？
新品みたいだし…。

de.mo.ho.n.to.o.ni.i.ta.da.i.te.mo.i.i.n.de.su.ka?
shi.n.pi.n.mi.ta.i.da.shi…。

可是眞的可以收下嗎？
況且看起來好像是全新
的…。

● いただく：「もらう」的謙遜說法。承蒙、接受

夫が同じ日に同じ物を買って帰ったんですよ。

o.t.to.ga.o.na.ji.hi.ni.o.na.ji.mo.no.o.ka.t.te.ka.e.t.ta.n.de.su.yo。

因爲我老公在同一天也買
了一樣的鍋子回來。

	誕生日おめでとう!これ、ぼくからの気持ち。 ta.n.jo.o.bi.o.me.de.to.o!ko.re、bo.ku.ka.ra.no.ki.mo.chi。	生日快樂!這是我的一點小心意。
	何だろう?開けてみていい? na.n.da.ro.o?a.ke.te.mi.te.i.i?	是什麼呢?我可以打開來看嗎?
	うわあ、これ、ずっと欲しかったマグカップ! うれしい! u.wa.a、ko.re、zu.t.to.ho.shi.ka.t.ta.ma.gu.ka.p.pu!u.re.shi.i!	哇!這個是我一直想要的馬克杯!好高興喔!
	● ずっと:一直	
	この前お店でずっと手に取ってたから…。 ko.no.ma.e.o.mi.se.de.zu.t.to.te.ni.to.t.te.ta.ka.ra…。	因為之前在店裡,妳一直拿在手上。
	本当にありがとう!大事にするね。 ho.n.to.o.ni.a.ri.ga.to.o!da.i.ji.ni.su.ru.ne。	真的太謝謝你了!我會好好愛惜的。

69.

謝謝您送給我這麼好的禮物

結構な物をいただきまして
ke kkoo na mono o i ta da ki ma shi te

場合

獲贈禮物時。
到對方家裡作客時。

對象

朋友、親戚、長輩。

換個説法

下次再與對方碰面時，禮貌上需說
「先日は結構な物をいただきまして。（謝謝您前幾天的〔禮物、招待〕）」、「先日はどうもありがとうございました。（前幾天真是謝謝您了）」。

POINT!

也常用於到對方家裡作客時。對方招待自己喝茶、餐點時，帶有「謝謝您豐盛的款待」、「謝謝您如此費心招待我」的感謝之意。

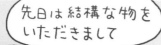

♫ 137

先日は結構な物をいただきまして、
これ、つまらない物なんですけど…。

se.n.ji.tsu.wa.ke.k.ko.o.na.mo.no.o.i.ta.da.ki.ma.shi.te、
ko.re、tsu.ma.ra.na.i.mo.no.na.n.de.su.ke.do…。

前幾天謝謝您送給我這麼好的禮物，這個是一點點小心意…。

そんなに気を遣わないでください。かえって悪いですよ～。

so.n.na.ni.ki.o.tsu.ka.wa.na.i.de.ku.da.sa.i。ka.e.t.te.wa.ru.i.de.su.yo～。

● かえって：反而、反倒

請別如此費心，這樣我反倒不好意思。

わざわざ買ったわけではなくて、うちの庭に成った柿なんです。うちでは食べ切れなくて。

wa.za.wa.za.ka.t.ta.wa.ke.de.wa.na.ku.te、u.chi.no.ni.wa.ni.na.t.ta.
ka.ki.na.n.de.su。u.chi.de.wa.ta.be.ki.re.na.ku.te。

不是特地去買的，是我們家庭院種的柿子。我們家也吃不了那麼多。

じゃあせっかくだから遠慮なくいただきます。
うちではみんな大好物なんですよ。

ja.a.se.k.ka.ku.da.ka.ra.e.n.ryo.na.ku.i.ta.da.ki.ma.su。
u.chi.de.wa.mi.n.na.da.i.ko.o.bu.tsu.na.n.de.su.yo。

那麼我就不客氣收下了。我們家最喜歡（柿子）了。

客人帶伴手禮來

🎵 138

今日は結構な物をいただいて、
本当にありがとうございました。
kyo.o.wa.ke.k.ko.o.na.mo.no.o.i.ta.da.i.te、
ho.o.to.o.ni.a.ri.ga.to.o.go.za.i.ma.shi.ta。

今天眞是謝謝您送給我
這麼好的禮物。

いいえ、たいした物でもありません。
でもよろこんでいただけて、よかったです。
i.i.e、ta.i.shi.ta.mo.no.de.mo.a.ri.ma.se.n。
de.mo.yo.ro.ko.n.de.i.ta.da.ke.te、yo.ka.t.ta.de.su。

不會，不是什麼貴重的
東西。不過您能喜歡，
眞是太好了。

お時間できたら、ぜひまたお寄りくださいね。
o.ji.ka.n.de.ki.ta.ra、ze.hi.ma.ta.o.yo.ri.ku.da.sa.i.ne。

有空的話，請務必再來
喔！

ただし今度は気を遣わずに手ぶらでどうぞ！
ta.da.shi.ko.n.do.wa.ki.o.tsu.ka.wa.zu.ni.te.bu.ra.de.do.o.zo！

只不過下次別費心準備
禮物，人來就好！

● ただし：但是 ｜ ● 手ぶら：空手

225

70.

非常滿足
とても満足です
to te mo man zoku de su

場合

向對方表達感謝時。

對象

○朋友
×長輩

POINT!

一般用於：
- 當事情如自己所願，進行得相當順利時，向相關人員表達感謝。
- 到別人家中作客時，用來表達自己接受款待的喜悅。

但對長輩說這句話則會顯得失禮，此時應該用「恐縮です」，帶有「謝謝您如此周到，不知該如何向您答謝，真是非常抱歉」的意思。

この展望台は台北では一番有名なんですが、

いかがですか？

ko.no.te.n.bo.o.da.i.wa.ta.i.pe.i.de.wa.i.chi.ba.n.yu.u.me.i.na.n.de.su.ga、
i.ka.ga.de.su.ka?

這個瞭望台是台北最有名的，您覺得如何呢？

とても満足です。高い料金を払っただけの価値がありました。

to.te.mo.ma.n.zo.ku.de.su。ta.ka.i.ryo.o.ki.n.no.ha.ra.t.ta.da.ke.no.ka.chi.ga.a.ri.ma.shi.ta。

● 払う：支付、付錢

非常滿足。付了這麼多錢，的確有它的價值。

それはよかったです。むこうの方の山が、

昨日行った猫空ですよ。

so.re.wa.yo.ka.t.ta.de.su。mu.ko.o.no.ho.o.no.ya.ma.ga、
ki.no.o.i.t.ta.ma.o.ko.n.de.su.yo。

那真是太好了。對面的山，是昨天去的貓空喔！

へえ～、意外と遠くまで行ったんですね。

he.e～、i.ga.i.to.to.o.ku.ma.de.i.t.ta.n.de.su.ne。

啊～原來去了那麼遠的地方啊！

227

在餐廳

♫ 140

 この店は人気があってなかなか入れないから、
かなり前に予約を入れておいたの。
ko.no.mi.se.wa.ni.n.ki.ga.a.t.te.na.ka.na.ka.ha.i.re.na.i.ka.ra、
ka.na.ri.ma.e.ni.yo.ya.ku.o.i.re.te.o.i.ta.no。

因爲這間店生意很好，很難進得來，所以我很早之前就先訂位了。

 そうだったんですか。わざわざお気遣いいただき、
大変恐縮です。
so.o.da.t.ta.n.de.su.ka。wa.za.wa.za.o.ki.zu.ka.i.i.ta.da.ki、
ta.i.he.n.kyo.o.shu.ku.de.su。

這樣啊！謝謝您如此費心，眞是不好意思。

 行列作って待たされるのが、いやだったから。
gyo.o.re.tsu.tsu.ku.t.te.ma.ta.sa.re.ru.no.ga、i.ya.da.t.ta.ka.ra。

● いや：討厭、不喜歡

因爲我不喜歡排隊等位子。

私もああいうのは大の苦手です。みんなよくできますよね。
wa.ta.shi.mo.a.a.i.u.no.wa.da.i.no.ni.ga.te.de.su。mi.n.na.yo.ku.de.ki.ma.su.yo.ne。

● 苦手：怕…、不好對付

我也很怕排隊，不過大家都很習慣等呢！

71.

感謝您

感謝しています
かん しゃ
kan sha shi te i ma su

場合

表達感謝之意時。

對象

認識的人、朋友。

POINT!

比「ありがとう。（謝謝）」更禮貌恭敬。

常用短句

● 末永くお幸せに。
すえなが　　しあわ
祝你們永浴愛河。（用於婚禮喜宴上）
まね
● お招きいただきましてありがとうございます。
謝謝您的邀請。

♫ 141

 ご結婚おめでとうございます。末永くお幸せに！
go.ke.k.ko.no.me.de.to.o.go.za.i.ma.su。su.e.na.ga.ku.o.shi.a.wa.se.ni。

恭喜你們結婚。祝你們永浴愛河。

 ありがとうございます。はるばる日本から来ていただいて、感謝しています。
a.ri.ga.to.o.go.za.i.ma.su。ha.ru.ba.ru.ni.ho.n.ka.ra.ki.te.
i.ta.da.i.te、ka.n.sha.shi.te.i.ma.su。

謝謝。感謝您特地從日本遠道過來參加。

● はるばる：遠道過來

 こちらこそお招きいただきましてありがとうございます。旅行がてら台湾に来られてよかったです。
ko.chi.ra.ko.so.o.ma.ne.ki.i.ta.da.ki.ma.shi.te、a.ri.ga.to.o.go.za.i.
ma.su。ryo.ko.o.ga.te.ra.ta.i.wa.n.ni.ko.ra.re.te.yo.ka.t.ta.de.su。

我才謝謝您邀請我來。可以順便來台灣旅行，眞是太好了。

 じつは私たち、ハネムーンで山本さんより一足早く日本へ向けて出発するんですよ。
ji.tsu.wa.wa.ta.shi.ta.chi、ha.ne.mu.u.n.de.ya.ma.mo.to.sa.n.yo.ri.hi.
to.a.shi.ha.ya.ku.ni.ho.n.e.mu.ke.te.shu.p.pa.tsu.su.ru.n.de.su.yo。

其實我們因爲蜜月旅行，會比山本小姐早一步到日本喔！

飯店落成

♫ 142

福田さんの設計でいいホテルができて、感謝しています。

fu.ku.da.sa.n.no.se.k.ke.i.de.i.i.ho.te.ru.ga.de.ki.te、ka.n.sha.shi.te.i.ma.su。

感謝福田先生您幫我們設計這麼好的飯店。

お客様によろこんでいただけて、光栄です！

o.kya.ku.sa.ma.ni.yo.ro.ko.n.de.i.ta.da.ke.te、ko.o.e.i.de.su!

能看到客戶如此開心，我感到十分光榮。

よかったら今度、ご家族のみなさんで泊まりにきてください。

yo.ka.t.ta.ra.ko.n.do、go.ka.zo.ku.no.mi.na.sa.n.de.to.ma.ri.ni.ki.te.ku.da.sa.i。

● 泊まる：住宿、過夜

可以的話，下次請全家人一起來渡假。

大浴場の温泉でお肌ツルツルになりますよ！

da.i.yo.ku.jo.o.no.o.n.se.n.de.o.ha.da.tsu.ru.tsu.ru.ni.na.ri.ma.su.yo!

● ツルツル：光滑、滑溜

大澡堂的溫泉可以讓皮膚變得很光滑喔！

72.

失禮了
どうも失礼いたしました
doo mo shitsu rei i ta shi ma shi ta

場合

表達歉意時。
（犯了較輕微的過錯時）

對象

客戶、長輩…等。

POINT!

本句比「ごめんなさい。（對不起）」來得正式。
像是讓訪客等了2、3分鐘，此情況下除了可用本
句，也可以說「お待たせいたしました。（讓您久
等了）」。

常用短句

● お元気でしたか？ 最近過得好嗎？

● おかげさまで。託您的福。

電話突然響起

♫143

手機鈴響

ピロ⌒ペロ⌒

わっ

すみません、ちょっと失礼します

もしもし、どうしたの？

どうも失礼いたしました

それは大変じゃないか

何か私にできる事はないかい？

父が入院している病院からの電話だったものですから

嘎！

ピッ

(鈴~鈴~鈴)

すみません、ちょっと<ruby>失礼<rt>しつれい</rt></ruby>します。
もしもし、どうしたの？

su.mi.ma.se.n、cho.t.to.shi.tsu.re.i.shi.ma.su。
mo.shi.mo.shi、do.o.shi.ta.no?

不好意思，我接個電話。
喂，怎麼了？

どうも<ruby>失礼<rt>しつれい</rt></ruby>いたしました。<ruby>父<rt>ちち</rt></ruby>が <ruby>入院<rt>にゅういん</rt></ruby>している
<ruby>病院<rt>びょういん</rt></ruby>からの<ruby>電話<rt>でんわ</rt></ruby>だったものですから。

do.o.mo.shi.tsu.re.i.i.ta.shi.ma.shi.ta。chi.chi.ga.nyu.u.i.n.shi.
te.i.ru.byo.o.i.n.ka.ra.no.de.n.wa.da.t.ta.mo.no.de.su.ka.ra。

失禮了。因爲父親住院，
是醫院打來的電話。

それは<ruby>大変<rt>たいへん</rt></ruby>じゃないか。
<ruby>何<rt>なに</rt></ruby>か <ruby>私<rt>わたし</rt></ruby>にできる<ruby>事<rt>こと</rt></ruby>はないかい？

so.re.wa.ta.i.he.n.ja.na.i.ka。
na.ni.ka.wa.ta.shi.ni.de.ki.ru.ko.to.wa.na.i.ka.i?

那眞是辛苦啊！有沒有什麼我可以幫忙的？

● かい：表示疑問＝「か」。多爲男性使用

♪144

 あら 林さん、こんにちは！お元気でしたか？
a.ra.ha.ya.shi.sa.n、ko.n.ni.chi.wa！o.ge.n.ki.de.shi.ta.ka？

哎呀！林小姐，您好！最近過得好嗎？

 はい、おかげ様で。先日はあわただしく
帰ってしまって、どうも失礼いたしました。
ha.i、o.ka.ge.sa.ma.de。se.n.ji.tsu.wa.a.wa.ta.da.shi.ku.
ka.e.t.te.shi.ma.t.te、do.o.mo.shi.tsu.re.i.i.ta.shi.ma.shi.ta。

是，託您的福。上次急急忙忙地先回去，失禮了。

 いいのよ、全然気にしていませんよ。
i.i.no.yo、ze.n.ze.n.ki.ni.shi.te.i.ma.se.n.yo。

別這麼說，我完全沒放在心上喔！

 今日はまたお会いできて、うれしいです。
kyo.o.wa.ma.ta.o.a.i.de.ki.te、u.re.shi.i.de.su。

今天又可以見到妳，很開心。

73.

真是對不起

どうもすみませんでした
doo mo su mi ma sen de shi ta

場合

表達歉意時。

對象

朋友、鄰居…等。

POINT!

前一句的「どうも失礼（しつれい）いたしました。（失禮了）」比本句來得慎重。

常用短句

● お怪我（けが）はありませんか？ 有沒有哪裡受了傷呢？

● ごめんなさい。對不起。

不小心撞到別人

♫145

 痛（いた）いっ!!
i.ta.i!!

好痛！

 ちょっと！かばんがあたったんですけど。
cho.t.to!ka.ba.n.ga.a.ta.t.ta.n.de.su.ke.do。

等一下！你的包包撞到我了。

● 当（あ）たる：碰上、撞上

 どうもすみませんでした。急（いそ）いでいたもので
すから。お怪我（けが）はありませんか？
do.o.mo.su.mi.ma.se.n.de.shi.ta。i.so.i.de.i.ta.mo.no.de.
su.ka.ra。o.ke.ga.wa.a.ri.ma.se.n.ka?

真是對不起。因為在趕時間，有沒有哪裡受了傷呢？

 ええ、なんともないみたいです。
でもなんだか胸（むね）が痛（いた）い…。
e.e、na.n.to.mo.na.i.mi.ta.i.de.su。
de.mo.na.n.da.ka.mu.ne.ga.i.ta.i…。

嗯，好像沒有。不過不知道為什麼覺得胸口有點痛…。

● 何（なん）とも：（下接否定）表示無關緊要 ｜ ● みたい：好像是…

拿錯行李

♫ 146

 あのー、それ私のスーツケースなんですが。
a.no.o、so.re.wa.ta.shi.no.su.u.tsu.ke.e.su.na.n.de.su.ga。

不好意思，那個是我的行李箱。

● スーツケース（suitcase）：行李箱

 え？ほんとだ！どうもすみませんでした。私も同じ物を使っているので、見まちがえてしまいました。
e?ho.n.to.da!do.o.mo.su.mi.ma.se.n.de.shi.ta。wa.ta.shi.mo.o.na.ji.mo.no.o.tsu.ka.t.te.i.ru.no.de、mi.ma.chi.ga.e.te.shi.ma.i.ma.shi.ta。

咦？真的！真是對不起。因為跟我的行李箱一樣，不小心認錯了。

あれがあなたのではないですか？
a.re.ga.a.na.ta.no.de.wa.na.i.de.su.ka?

那個是不是妳的呢？

あ！そうです！
a!so.o.de.su!

啊！沒錯！

 うっかりして、ごめんなさい。
u.k.ka.ri.shi.te、go.me.n.na.sa.i。

一不留神拿錯了行李，對不起。

 私は荷物を降ろしてもらって、かえって助かりました。
wa.ta.shi.wa.ni.mo.tsu.o.o.ro.shi.te.mo.ra.t.te、ka.e.t.te.ta.su.ka.ri.ma.shi.ta。

有人幫我把行李拿下來，反而幫了我大忙。

74

實在非常抱歉

どうも申し訳ございません

doo mo moo shi wake go za i ma sen

場合

表達深深的歉意時。

對象

客戶、長輩…等。

POINT!

比「すみません。（對不起）」、
「失礼いたしました。（失禮了）」、
「どうもすみませんでした。（眞是對不起）」
表達更深的歉意。
在服務業中，對客人說此句會比
「すみません。（對不起）」恰當。

在餐廳

🎵147

料理を注文してから、もう30分も 待っているんですけど

まだでしょうか？

どうも申し訳ございません

すぐに確認してまいります

大変お待たせして申し訳ありませんでした

ご注文の品、お持ちしました。

煩躁～イラ～イラ～イ

不耐煩～～イラ～イ

咕嚕～グ～

この店、お気に入りリストから削除しておこう！

哼！

哼！

吸～

料理を注文してから、もう30分も待って
いるんですけど。まだでしょうか？
ryo.o.ri.o.chu.u.mo.n.shi.te.ka.ra、mo.o.sa.n.ju.p.pu.n.mo.ma.t.te.
i.ru.n.de.su.ke.do。ma.da.de.sho.o.ka?

我點完餐後，已經
等了30分鐘，還沒
有好嗎？

どうも申し訳ございません。すぐに確認してまいります。
do.o.mo.mo.o.shi.wa.ke.go.za.i.ma.se.n。su.gu.ni.ka.ku.ni.n.shi.te.ma.i.ri.
ma.su。

實在非常抱歉。我
立刻幫您確認。

● 参る：「行く、来る」的謙遜語，來、去

大変お待たせして申し訳ありませんでした。
ご注文の品、お持ちしました。
ta.i.he.n.o.ma.ta.se.shi.te.mo.o.shi.wa.ke.a.ri.ma.se.n.de.shi.ta。
go.chu.u.mo.n.n.no.shi.na、o.mo.chi.shi.ma.shi.ta。

讓您久等了，很抱
歉。幫您上菜。

この店、お気に入りリストから削除しておこう！
ko.no.mi.se、o.ki.ni.i.ri.ri.su.to.ka.ra.sa.ku.jo.shi.te.o.ko.o!

把這間餐廳從我的
喜愛名單中刪除
吧！

● リスト(list)：名單、一覽表

結帳時打錯金額

♫148

1点のお買い上げで23000円になります。
i.t.te.n.no.o.ka.i.a.ge.de.ni.ma.n.sa.n.ze.n.e.n.ni.na.ri.ma.su。

您所購買的金額是23000圓。

えっ?それ、たしか３０％ オフになってたんですけど…。
e?so.re、ta.shi.ka.sa.n.ju.p.pa.a.se.n.to.o.fu.ni.na.t.te.ta.n.de.su.ke.do…。

咦?那個,我記得好像是打7折…

申し訳ございません。すぐ打ち直します。
mo.o.shi.wa.ke.go.za.i.ma.se.n。su.gu.u.chi.na.o.shi.ma.su。

● すぐに：立刻、馬上

實在非常抱歉。我立刻重新打。

あ〜、一瞬焦った〜。
a〜、i.s.shu.n.a.se.t.ta〜。

● 焦る：著急、焦躁

啊〜讓我著急了一下。

240

75.

給您添麻煩了

ご面倒をおかけしました
go men doo o o ka ke shi ma shi ta

場 合

造成對方的麻煩時。

對 象

同事、朋友、長輩。

換個說法

也可以說
「お手数をおかけしました。（給您添麻煩了）」。
朋友之間可說
「迷惑かけちゃって。（造成你的麻煩了）」、
「お手数だけどよろしく。（麻煩你了）」。

POINT!

拜託他人幫忙做某事或臨時取消約會…等造成對方的麻煩時。

上星期生病請假

♫ 149

先週は 急に休みまして、申し訳ありませんでした。
ご面倒をおかけしました。

se.n.shu.u.wa.kyu.u.ni.ya.su.mi.ma.shi.te、mo.o.shi.wa.ke.a.ri.ma.se.n.de.shi.ta。go.me.n.do.o.o.o.ka.ke.shi.ma.shi.ta。

上個星期臨時請假，
真是抱歉。
給您添麻煩了。

いいや、こっちのほうは気にしなくても大丈夫だよ。

i.i.ya、ko.c.chi.no.ho.o.wa.ki.ni.shi.na.ku.te.mo.da.i.jo.o.bu.da.yo。

不會，不用在意公司
這邊。

● こっち＝「こちら」，較口語 ｜ ● 気にする：放在心上、介意

救急車で運ばれたって聞いたけど、もう平気なの？

kyu.u.kyu.u.sha.de.ha.ko.ba.re.ta.t.te.ki.i.ta.ke.do、mo.o.he.i.ki.na.no?

聽說還被救護車送到
醫院，身體已經不要
緊了嗎？

● 運ぶ：運送、搬運

はい、おかげ様ですっかり治りました。
軽い食中毒ということでした。

ha.i、o.ka.ge.sa.ma.de.su.k.ka.ri.na.o.ri.ma.shi.ta。
ka.ru.i.sho.ku.chu.u.do.ku.to.i.u.ko.to.de.shi.ta。

是的，託您的福已經
完全痊癒了。
是輕微的食物中毒。

● すっかり：完全、全部

242

託朋友買東西

♪ 150

今からコンビニに行くけど、何か買ってくるものある？
i.ma.ka.ra.ko.n.bi.ni.ni.i.ku.ke.do、na.ni.ka.ka.tte.ku.ru.mo.no.a.ru?

● コンビニ：コンビニエンス ストア (convenience store)的略語

我現在要去便利商店，要不要幫妳買什麼東西回來呢？

じゃあ、悪いんだけど、薬局に寄って風邪薬買ってきてもらえる？お手数だけどよろしくね。
ja.a、wa.ru.i.n.da.ke.do、ya.k.kyo.ku.ni.yo.tte.ka.ze.gu.su.ri.ka.tte.
ki.te.mo.ra.e.ru?o.te.su.u.da.ke.do.yo.ro.shi.ku.ne。

那麼不好意思，可以麻煩妳幫我順便到藥局買感冒藥嗎？麻煩妳了。

今はコンビニでも風邪薬は買えるから、ほんのついでだよ。
i.ma.wa.ko.n.bi.ni.de.mo.ka.ze.gu.su.ri.wa.ka.e.ru.ka.ra、
ho.n.no.tsu.i.de.da.yo。

● ほんの：只不過是…、僅僅 | ● ついで：順便、方便

便利商店現在也買得到感冒藥，眞的是順便啦！

あ…ついでにおいしそうなプリンもお願い。
a…tsu.i.de.ni.o.i.shi.so.o.na.pu.ri.n.mo.o.ne.ga.i。

● プリン (pudding)：布丁

啊…那請妳順便再幫我買個好吃的布丁。

243

76.

讓你久等了
お待ちどおさま
o ma chi do o sa ma

場合

讓對方等候時。

對象

朋友。

換個説法

在正式場合中可說
「お待たせいたしました。（讓您久等了）」。

POINT!

一般常用於：
● 當對方來接你，卻因為還沒準備好，而未及時
　出門。
● 中途離席讓對方等候。

去洗手間

♫151

お待ちどおさま！待たせてごめんね。
o.ma.chi.do.o.sa.ma！ma.ta.se.te.go.me.n.ne。

● 「待たせる」：「待つ」的使役形

讓你久等了！
不好意思喔！

いや、全然平気。でも女子トイレはいつも混んでて、大変だよね。
i.ya、ze.n.ze.n.he.i.ki。de.mo.jo.shi.to.i.re.wa.i.tsu.mo.ko.n.de.te、ta.i.he.n.da.
yo.ne。

● トイレ (toilet)：「トイレット」、「トイレットルーム」的略語。廁所

不會不會。不
過女生廁所總
是很多人，眞
是辛苦呢！

さっきおばさんたちがすいてる男子トイレに平気で入って
いったよ。
sa.k.ki.o.ba.sa.n.ta.chi.ga.su.i.te.ru.da.n.shi.to.i.re.ni.he.i.ki.de.ha.i.tte.i.tta.yo。

● すく：有空位、不擁擠

剛剛有一群歐
巴桑，一臉若
無其事地走進
男生廁所。

ああいうおばさんにはなりたくないなあ。
a.a.i.u.o.ba.sa.n.ni.wa.na.ri.ta.ku.na.i.na.a。

眞不想成爲那
種歐巴桑呢！

♫ 152

 おーい！桜井！
o.o.i!sa.ku.ra.i!

喂！櫻井！

 鈴木君が私を呼んでる。
su.zu.ki.ku.n.ga.wa.ta.shi.o.yo.n.de.ru。

鈴木（君）在叫我。

 何だろう？ちょっと行ってくるね。
na.n.da.ro.o?cho.t.to.i.t.te.ku.ru.ne。

不知道有什麼事？我去去就回來。

 お待ちどおさま。ごめんね〜。
o.ma.chi.do.o.sa.ma。go.me.n.ne~。

讓你久等了。不好意思喔〜

 ご飯1回おごるから、
バイト代わってくれって頼まれたんだ。
go.ha.n.i.k.ka.i.o.go.ru.ka.ra、
ba.i.to.ka.wa.t.te.ku.re.t.te.ta.no.ma.re.ta.n.da。

他說要請我吃一頓飯，拜託我幫他代班。

● おごる：請客 | ● バイト：「アルバイト」的略語。打工

77.

説得太過份了
言いすぎました
i i su gi ma shi ta

場　合

意識到自己失言時。

對　象

同事、朋友。

POINT!

常用於和對方吵架後，希望和對方和好時所說的一句話。

常用短句

- <ruby>仲直<rt>なかなお</rt></ruby>りしようか。我們和好吧！
- たまにはいいですね。偶爾這樣也不錯。

 あなた、さっきは少し言いすぎました。ごめんなさいね。
a.na.ta、sa.k.ki.wa.su.ko.shi.i.i.su.gi.ma.shi.ta。go.me.n.na.sa.i.ne。

● さっき：（＝さき）剛才

老公，剛才我有
點說得太過份
了。對不起喔！

 ああ、まあこっちもちょっと言いすぎたかもしれないし…。
a.a、ma.a.ko.c.chi.mo.cho.t.to.i.i.su.gi.ta.ka.mo.shi.re.na.i.shi…。

● ～すぎる：過度、過分

啊～，我或許也
有點說得太過份
了。

 そろそろ仲直りしようか。
so.ro.so.ro.na.ka.na.o.ri.shi.yo.o.ka。

那我們差不多也
該和好了吧！

 いいですよ。
i.i.de.su.yo。

好啊。

 でも言いたい事を思い切り言うのって、
スッキリしてたまにはいいですね。
de.mo.i.i.ta.i.ko.to.o.o.mo.i.ki.ri.i.u.no.t.te、
su.k.ki.ri.shi.te.ta.ma.ni.wa.i.i.de.su.ne。

● 思い切り：儘量、徹底

不過爽快地將想
說的話全都說出
來，心情暢快許
多。偶爾這樣也
不錯。

♫ 154

さっきの「お母さんは料理がへたくそ！」は言いすぎだよ。

sa.k.ki.no「o.ka.a.sa.n.wa.ryo.o.ri.ga.he.ta.ku.so！」wa.i.i.su.gi.da.yo。

● へたくそ：非常拙劣

妳剛才說「媽媽很不會做菜！」，說得太過份了。

だって本当にまずかったんだもん。
お兄ちゃんも本当はそう思ったでしょ？

da.t.te.ho.n.to.o.ni.ma.zu.ka.t.ta.n.da.mo.n。
o.ni.i.cha.n.mo.ho.n.to.o.wa.so.o.o.mo.t.ta.de.sho？

但是眞的很難吃嘛！哥哥你其實也這麼覺得吧？

でもね、母さんはぼくらのために一生懸命がんばってくれてるんだよ。

de.mo.ne、ka.a.sa.n.wa.bo.ku.ra.no.ta.me.ni.i.s.sho.o.ke.n.me.i.ga.n.ba.t.te.ku.re.te.ru.n.da.yo。

不過啊！那可是媽媽爲了我們努力煮的菜餚。

わかった。お母さんに謝りに行く。

wa.ka.t.ta。o.ka.a.sa.n.ni.a.ya.ma.ri.ni.i.ku。

我知道了，我會去跟媽媽道歉的。

母の日のプレゼントは料理の本にしよう！

ha.ha.no.hi.no.pu.re.ze.n.to.wa.ryo.o.ri.no.ho.n.ni.shi.yo.o！

母親節禮物就決定送食譜好了！

249

78.

我沒有注意到

気がつきませんでした
ki　ga　tsu　ki　ma　sen　de　shi　ta

場 合

受到對方的指正、責罵時。

對 象

朋友、同事、長輩。

換個説法

也可以說
- そのとおりです。您說的沒錯。
- おっしゃる通りです。誠如您所說的。

POINT!

當對方是上司時，可說「気がつきませんでした。これからは気をつけます。（是我疏忽了，今後我會注意）」。朋友之間可說「気がつかなくてごめん。（對不起，我沒有注意到）」。

在咖啡店 🎵 155

ちょっとすみません。灰皿（はいざら）持（も）ってきてもらえますか？
cho.t.to.su.mi.ma.se.n。ha.i.za.ra.mo.t.te.ki.te.mo.ra.e.ma.su.ka?

不好意思，可以幫我拿煙灰缸來嗎？

お客様（きゃくさま）、恐（おそ）れ入（い）りますが、
当店（とうてん）は禁煙（きんえん）となっております。
o.kya.ku.sa.ma、o.so.re.i.ri.ma.su.ga、
to.o.te.n.wa.ki.n.e.n.to.na.t.te.o.ri.ma.su。

這位客人不好意思，本店禁止吸煙。

あ、そうでしたか。気（き）がつきませんでした。
a、so.o.de.shi.ta.ka。ki.ga.tsu.ki.ma.se.n.de.shi.ta。

啊！是這樣啊。我沒有注意到。

近頃（ちかごろ）はどこでも肩身（かたみ）が狭（せま）いなあ。
この際（さい）がんばって禁煙（きんえん）してみるか。
chi.ka.go.ro.wa.do.ko.de.mo.ka.ta.mi.ga.se.ma.i.na.a。
ko.no.sa.i.ga.n.ba.t.te.ki.n.e.n.shi.te.mi.ru.ka。

最近到哪裡都不能抽煙，乾脆試著戒煙好了。

● 肩身（かたみ）が狭（せま）い：丟臉、無地自容

251

ちょっと！この前貸した本、お菓子の食べかすがいっ
ぱい挟まってたよ。

cho.t.to!ko.no.ma.e.ka.shi.ta.ho.n、o.ka.shi.no.ta.be.ka.su.ga.i.p.pa.i.ha.
sa.ma.t.te.ta.yo。

喂！前陣子我借給
你的書，裡面都有
零食的屑屑喔！

あれ？ごめん、気がつかなかった。
今度から気をつけるよ。

a.re?go.me.n、ki.ga.tsu.ka.na.ka.t.ta。
ko.n.do.ka.ra.ki.o.tsu.ke.ru.yo。

咦？對不起，我沒
有注意到。下次我
會注意的。

鈴木君、この前貸してくれた本、
おもしろかったよ。

su.zu.ki.ku.n、ko.no.ma.e.ka.shi.te.ku.re.ta.ho.n、
o.mo.shi.ro.ka.t.ta.yo。

鈴木（君），上次
你借我的書，很有
趣呢！

お菓子バリバリ食べながら、一気に読んじゃった。
o.ka.shi.ba.ri.ba.ri.ta.be.na.ga.ra、i.k.ki.ni.yo.n.ja.t.ta。

我邊吃零食邊看，
一口氣就看完了。

● バリバリ：咬嚼硬物的聲音 │ ● じゃう：（＝でしまう）～完了

79.

不用了・可以
けっ こう
結構です
ke kkoo de su

場 合

對 象

拒絕他人時。
表示肯定、允許時。

朋友、店員。

POINT!

此句依前後文，可解讀成完全不同的意思，要特別注意！
→委婉拒絕他人。常用於婉拒店員推銷商品。
→對對方的建議、動作，表示肯定、允許時。

常用短句

- いかがですか？（您覺得）如何呢？
- じゅうぶん
  十分いただきました。已經吃很飽了。

	お茶をもう一杯、いかがですか？ o.cha.o.mo.o.i.p.pa.i、i.ka.ga.de.su.ka?	再喝一杯茶吧？
	いえ、もう結構です。十分いただきましたから。 i.e、mo.o.ke.k.ko.o.de.su。ju.u.bu.n.i.ta.da.ki.ma.shi.ta.ka.ra。	不，不用了。已經很飽了。
	そうそう、たしかスイカがあったわ。 お茶ばかりじゃ飽きますよね。 so.o.so.o、ta.shi.ka.su.i.ka.ga.a.t.ta.wa。 o.cha.ba.ka.ri.ja.a.ki.ma.su.yo.ne。	對了對了！我記得還有西瓜。光喝茶會膩吧！

● ばかり：只、光、淨 | ● 飽きる：厭煩、膩

	いえ、本当にもう何も結構ですから。 お腹がタポタポです。 i.e、ho.n.to.o.ni.mo.o.na.ni.mo.ke.k.ko.o.de.su.ka.ra。 o.na.ka.ga.ta.po.ta.po.de.su。	不，真的什麼都不用了。肚子已經很脹了。

● タポタポ：（水份很多）脹、飽

ランチのコーヒーは、食後にお持ちしてよろしいですか？
ra.n.chi.no.ko.o.hi.i.wa、sho.ku.go.ni.o.mo.chi.shi.te.yo.ro.shi.i.de.su.ka？

午餐的咖啡餐後送可以嗎？

● ランチ (lunch)：午餐

はい、それで結構です。
ha.i、so.re.de.ke.k.ko.o.de.su。

好，可以。

プラス500円でデザートをお付けできますが、いかがですか？
pu.ra.su.go.hya.ku.e.n.de.de.za.a.to.o.o.tsu.ke.de.ki.ma.su.ga、i.ka.ga.de.su.ka？

再加500圓就附餐後甜點，要不要參考看看呢？

● プラス (plus)：加

いえ、それは結構です。
i.e、so.re.wa.ke.k.ko.o.de.su。

不，不用了。

（それじゃお得なランチじゃなくなるよ！）
so.re.ja.o.to.ku.na.ra.n.chi.ja.na.ku.na.ru.yo！

（這樣一來就不是划算的午餐啦！）

255

80.

現在已經有了
今間に合っています
ima ma ni a tte i ma su

場合

拒絕推銷時。

對象

銷售員、店員。

POINT!

常用於在百貨公司遇到店員推銷或電話推銷的人時。這裡的「間に合う」是指「夠用、足夠」的意思。如果只回答「結構です。」，對方很有可能會誤以為你要購買，要特別注意！

常用短句

- ちょっといいですか？ 可以打擾一下嗎？
- 今時間がないんです。（較口語）
  （＝今時間がありません。）我現在沒有時間。

在街上被推銷

♫159

ちょっといいですか？
すぐそこの店で美顔エステをしてるんですけど〜。
cho.t.to.i.i.de.su.ka?
su.gu.so.ko.no.mi.se.de.bi.ga.n.e.su.te.o.shi.te.ru.n.de.su.ke.do〜。

可以打擾一下嗎？我們的店就在前面，是做美容護膚的。

今間に合っています。結構です。
i.ma.ma.ni.a.t.te.i.ma.su。ke.k.ko.o.de.su。

現在已經有了。不用了。

今とってもお得なキャンペーンをやってるんですよ〜。
どうかお話だけでも。
i.ma.to.t.te.mo.o.to.ku.na.kya.n.pe.e.no.ya.t.te.ru.n.de.su.yo〜。
do.o.ka.o.ha.na.shi.da.ke.de.mo。

現在有舉辦非常划算的特價活動喔！要不要聽一下參考看看啊！

今時間がないんです！それに、これ以上 美しくなる必要ないし！
i.ma.ji.ka.n.ga.na.i.n.de.su！so.re.ni、ko.re.i.jo.o.u.tsu.ku.shi.ku.na.ru.hi.tsu.yo.o.na.i.shi！

我現在沒有時間！而且，我也沒有必要再變得更美了。

● とっても：（＝とても，較強調）非常、很 ｜ ● それに：而且、更加

257

♫ 160

最近発売されたばかりの美容液も、ご一緒にいかがですか？
sa.i.ki.n.ha.tsu.ba.i.sa.re.ta.ba.ka.ri.no.bi.yo.o.e.ki.mo、go.i.s.sho.ni.i.ka.ga.de.su.ka？

● ばかり：剛才、剛剛

這是最近剛上市的美容液，要不要一起買呢？

今間に合っています。結構です。
i.ma.ma.ni.a.t.te.i.ma.su。ke.k.ko.o.de.su。

現在已經有了，不用了。

私も使ってます。お肌がうるうる、ぷるぷるになりますよ。
wa.ta.shi.mo.tsu.ka.t.te.ma.su。o.ha.da.ga.u.ru.u.ru、pu.ru.pu.ru.ni.na.ri.ma.su.yo。

本当だ！
ho.n.to.o.da！

● ぷるぷる：柔軟、有光澤 ｜ うるうる：濕潤

我也有用喔！皮膚會變得水水嫩嫩喔！

眞的耶！

15000円ですか…。やっぱり今日は間に合っています…。
i.chi.ma.n.go.se.n.e.n.de.su.ka…。ya.p.pa.ri.kyo.o.wa.ma.ni.a.t.te.i.ma.su…。

15000圓啊…，今天還是不用了。

81.

真是不巧，今天…

あいにく今日は…
<ruby>今日<rt>きょう</rt></ruby>
a　i　ni　ku　kyoo　wa

場 合

婉拒對方的邀約時。

對 象

同事、朋友、長輩。

POINT!

一般用於「受到邀約卻不方便前往或不想去，但又不想明確說出自己不去的原因時」。

常用短句

● ありがとうございます。謝謝。
● ご<ruby>両親<rt>りょうしん</rt></ruby>によろしくね。代我向您父母打個招呼。

♪ 161

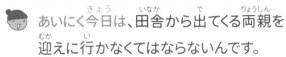

今夜大事な取引先との接待があるんだが、君もぜひどうかね？

ko.n.ya.da.i.ji.na.to.ri.hi.ki.sa.ki.to.no.se.t.ta.i.ga.a.ru.n.da.ga、ki.mi.mo.ze.hi.do.o.ka.ne?

今天晚上要招待重要的客戶，妳也務必一起來吧？

あいにく今日は、田舎から出てくる両親を迎えに行かなくてはならないんです。

a.i.ni.ku.kyo.o.wa、i.na.ka.ka.ra.de.te.ku.ru.ryo.o.shi.n.o.mu.ka.e.ni.i.ka.na.ku.te.wa.na.ra.na.i.n.de.su。

眞是不巧，今天父母從鄉下過來，要去接他們才行。

ああ、そういうことなら、そちらを最優先して。急に言い出したこちらも悪かったよ。

a.a、so.o.i.u.ko.to.na.ra、so.chi.ra.o.sa.i.yu.u.se.n.shi.te。kyu.u.ni.i.i.da.shi.ta.ko.chi.ra.mo.wa.ru.ka.t.ta.yo。

啊～這樣的話，那邊比較重要，突然提出這個要求眞是不好意思。

ありがとうございます。次の機会には必ず行かせてください！

a.ri.ga.to.o.go.za.i.ma.su。tsu.gi.no.ki.ka.i.ni.wa.ka.na.ra.zu.i.ka.se.te.ku.da.sa.i!

謝謝。下次有機會請務必讓我參加。

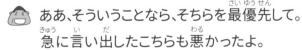

ご両親によろしくね。go.ryo.o.shi.n.ni.yo.ro.shi.ku.ne。

也代我向您父母打個招呼。

朋友約吃飯

♫ 162

 よかったら今晩、私の職場の飲み会に来ない？

yo.ka.t.ta.ra.ko.n.ba.n、wa.ta.shi.no.sho.ku.ba.no.no.mi.ka.i.ni.ko.na.i?

可以的話，今晚要不要來參加我們公司的聚餐啊？

 あいにくだけど、今日はどうしても仕事が長引きそうなんだ。

a.i.ni.ku.da.ke.do、kyo.o.wa.do.o.shi.te.mo.shi.go.to.ga.na.ga.bi.ki.so.o.na.n.da。

● 長引く：拖長、拖延

眞是不巧，今天工作可能要加班。

 そっか、残念ね。うちの課で一番のイケメンも来るのに。

so.k.ka、za.n.ne.n.ne。u.chi.no.ka.de.i.chi.ba.n.no.i.ke.me.n.mo.ku.ru.no.ni。

● 「そっか」＝「そうですか」

這樣啊！眞是可惜。我們課裡最帥的帥哥也會來呢！

 くやし～い！次は絶対行くからね！

ku.ya.shi～i! tsu.gi.wa.ze.t.ta.i.i.ku.ka.ra.ne!

眞不甘心！下次我一定會去的！

261

82

不了

遠慮しておきます
えん りょ
en ryo shi te o ki ma su

場合

委婉拒絕對方時。

對象

同事、朋友、長輩。

POINT!

一般常用來委婉拒絕對方的邀約或招待（自己不喜歡或不敢吃的食物時）。

常用短句

- 行ってみない？ 要不要去看看啊？
  い
- 誘ってくれてありがとう。 謝謝你邀請我。
  さそ

朋友勸酒

♫ 163

 この焼酎はめったに手に入らないんですよ。
まずは一杯どうぞ。

ko.no.sho.o.chu.u.wa.me.t.ta.ni.te.ni.ha.i.ra.na.i.n.de.su.yo。
ma.zu.wa.i.p.pa.i.do.o.zo。

● めったに：（下接否定）不常、稀少

這個燒酎是很不容易才拿到的喔！先喝一杯吧！

 あ、私はお酒の方は遠慮しておきます。
烏龍茶をいただきます。

a、wa.ta.shi.wa.o.sa.ke.no.ho.o.wa.e.n.ryo.shi.te.o.ki.ma.su。
u.u.ro.n.cha.o.i.ta.da.ki.ma.su。

啊！我不喝酒了。請給我烏龍茶。

 お酒は苦手でいらしたんですか？

o.sa.ke.wa.ni.ga.te.de.i.ra.shi.ta.n.de.su.ka?

原來您酒量不好嗎？

 ドクター・ストップが掛かっておりまして。
それで妻も最近うるさくて…。

do.ku.ta.a・su.to.p.pu.ga.ka.ka.t.te.o.ri.ma.shi.te。
so.re.de.tsu.ma.mo.sa.i.ki.n.u.ru.sa.ku.te…。

因爲醫生禁止我喝酒，而且我老婆最近又很囉嗦。

● ドクター・ストップ（和 doctor ＋ stop）：原意是拳擊中，醫生評估受傷的選手無法再繼續上場比賽。引伸爲被醫生禁止…

263

同事邀請參加派對 ♪164

 これからちょっとしたパーティーがあるんだけど、行（い）ってみない？

ko.re.ka.ra.cho.t.to.shi.ta.pa.a.ti.i.ga.a.ru.n.da.ke.do、i.t.te.mi.na.i?

- パーティー（party）：派對

等一下有個派對，要不要去看看啊？

 誘（さそ）ってくれてありがとう。でもせっかくだけど、
遠慮（えんりょ）しておくよ。

sa.so.t.te.ku.re.te.a.ri.ga.to.o。de.mo.se.k.ka.ku.da.ke.do、
e.n.ryo.shi.te.o.ku.yo。

謝謝你邀請我。我還是不去了。

 気楽（きらく）ないい人（ひと）たちばかりだよ！遠慮（えんりょ）なんかいらないから！

ki.ra.ku.na.i.i.hi.to.ta.chi.ba.ka.ri.da.yo！e.n.ryo.na.n.ka.i.ra.na.i.ka.ra！

- 気楽：輕鬆、安逸、沒有煩惱 | なんか（＝など）：之類的

都是些個性開朗的人喔！不用感到拘束的。

 じつは私（わたし）、知（し）らない人（ひと）がたくさん集（あつ）まる場所（ばしょ）って、
結構苦手（けっこうにがて）なんだ。

ji.tsu.wa.wa.ta.shi、shi.ra.na.i.hi.to.ga.ta.ku.sa.n.a.tsu.ma.ru.ba.sho.t.te、
ke.k.ko.o.ni.ga.te.na.n.da。

其實我對陌生人多的場合，會覺得不太自在。

264

83.

真是遺憾

<ruby>大<rt>たい</rt></ruby><ruby>変<rt>へん</rt></ruby><ruby>残<rt>ざん</rt></ruby><ruby>念<rt>ねん</rt></ruby>ですが

tai hen zan nen de su ga

場合

拒絕對方的邀約時。

對象

同事、朋友、長輩。

換個説法

帶有「我非常想去，沒想到卻只能錯過這次機會，實在很可惜」的含意。也可以說

- <ruby>行<rt>い</rt></ruby>きたいのはやまやまなのですが。
  我雖然非常想去。
- とても<ruby>興<rt>きょう</rt></ruby><ruby>味<rt>み</rt></ruby>があるのですが。
  雖然我非常感興趣。
- あいにく<ruby>今日<rt>きょう</rt></ruby>は<ruby>先約<rt>せんやく</rt></ruby>…。
  真不湊巧，我今天已經有約了。
- <ruby>今日<rt>きょう</rt></ruby>はちょっと…。
  今天有點不太方便…。

 週末にホームパーティーをやるんだが、君も来ないか？
shu.u.ma.tsu.ni.ho.o.mu.pa.a.ti.i.o.ya.ru.n.da.ga、ki.mi.mo.ko.na.i.ka？

週末要在家辦個派對，你也一起來吧？

● ホームパーティー：（和 home+party）

 大変残念ですが、今度の週末は友達の引越しを手伝うことになってるんです。
ta.i.he.n.za.n.ne.n.de.su.ga、ko.n.do.no.shu.u.ma.tsu.wa.to.mo.da.chi.no.hi.k.ko.shi.o.te.tsu.da.u.ko.to.ni.na.tte.ru.n.de.su。

眞是遺憾，這個週末我要幫朋友搬家。

 そうか、君に会いたがっていた妻も残念がるなあ。
so.o.ka、ki.mi.ni.a.i.ta.ga.tte.i.ta.tsu.ma.mo.za.n.ne.n.ga.ru.na.a。

這樣啊，我老婆也想跟你碰面，她一定也會覺得很遺憾。

● ～たがる：（接動詞連用形下，第三者）想、希望…

 奥様にぼくからどうぞよろしくお伝えください。
o.ku.sa.ma.ni.bo.ku.ka.ra.do.o.zo.yo.ro.shi.ku.o.tsu.ta.e.ku.da.sa.i。

代我向師母問好。

朋友提出邀請

♫ 166

13日1時からの寄席に行かない?招待券があるの。
ju.u.sa.n.ni.chi.i.chi.ji.ka.ra.no.yo.se.ni.i.ka.na.i?sho.o.ta.i.ke.n.ga.
a.ru.no。

● 寄席：相聲…等表演的場地

13日有場從1點開始的相聲表演，要不要去啊？我有招待券。

すごく残念だけど、その時間は塾のバイトが
入ってるんだ。
su.go.ku.za.n.ne.n.da.ke.do、so.no.ji.ka.n.wa.ju.ku.no.ba.i.to.ga.
ha.i.t.te.ru.n.da。

真是遺憾，那個時間我要到補習班打工。

鈴木君と同じバイト先だよね?
たまには彼に代わってもらえば?
su.zu.ki.ku.n.to.o.na.ji.ba.i.to.sa.ki.da.yo.ne?
ta.ma.ni.wa.ka.re.ni.ka.wa.t.te.mo.ra.e.ba?

妳和鈴木（君）是在同一個地方打工吧？偶爾請他幫忙代個班？

それもそうよね。よし、交渉してみる!
so.re.mo.so.o.yo.ne。yo.shi、ko.o.sho.o.shi.te.mi.ru!

說的也對。好！那我去跟他說說看！

267

84

我心領了
お気持ちだけ頂戴いたします
o ki mo chi da ke choo dai i ta shi ma su

場合

婉拒他人的好意時。

對象

同事、朋友、長輩。

POINT!

當禮物過於貴重，甚至有賄賂之嫌或認為和對方的交情還不到收禮的程度時，可用此句來婉拒他人。

帶有「您特地準備禮物的心意，我已經很高興了，恕我無法收下禮物」的含意。

常用短句

● 今日はこれで失礼します。今天我就先告辭了。
● お疲れ様でした。辛苦你了。

では、今日はこれで失礼します。
de.wa、kyo.o.wa.ko.re.de.shi.tsu.re.i.shi.ma.su。

那麼，今天我就先告辭了。

お疲れ様でした。o.tsu.ka.re.sa.ma.de.shi.ta。

辛苦你了。

ぼく、素敵なレストランを知ってるんですが、
これから一緒にいかがですか？
bo.ku、su.te.ki.na.re.su.to.ra.n.o.shi.t.te.ru.n.de.su.ga、
ko.re.ka.ra.i.s.sho.ni.i.ka.ga.de.su.ka?

我知道一間很棒的餐廳，等一下要不要一起去呢？

お誘いいただいてうれしいのですが、今日は時間が
ないんです。お気持ちだけ頂戴いたします。
o.sa.so.i.i.ta.da.i.te.u.re.shi.i.no.de.su.ga、kyo.o.wa.ji.ka.n.ga.
na.i.n.de.su。o.ki.mo.chi.da.ke.cho.o.da.i.i.ta.shi.ma.su。

謝謝您的邀約，我很高興，不過今天沒有空。你的好意我心領了。

そうですか。ではまた今度ぜひ！
so.o.de.su.ka。de.wa.ma.ta.ko.n.do.ze.hi!

這樣啊。那下次請務必！

えっ、ええ…。e、e.e…。

咦？嗯嗯…。

♫ 168

これは 私どもの感謝の気持ちです。
どうぞお受け取りください。
ko.re.wa.wa.ta.shi.do.mo.no.ka.n.sha.no.ki.mo.chi.de.su。
do.o.zo.o.u.ke.to.ri.ku.da.sa.i。

這個是我們表示感謝的一點心意。請您收下。

いいえ、野口君のお母さん、こういった物は、
規則で受け取れないことになっております。
i.i.e、no.gu.chi.ku.n.no.o.ka.a.sa.n、ko.o.i.t.ta.mo.no.wa、
ki.so.ku.de.u.ke.to.re.na.i.ko.to.ni.na.t.te.o.ri.ma.su。

不，野口（君）的母親，我們規定是不能收這種東西的。

そうおっしゃらずに。
いつも息子がお世話になってるお礼です。
so.o.o.s.sha.ra.zu.ni。
i.tsu.mo.mu.su.ko.ga.o.se.wa.ni.na.t.te.ru.o.re.i.de.su。

請別這麼說。這是我家兒子一直受您照顧的謝禮。

● おっしゃる：「言う」的尊敬語。說

お気持ちだけ頂戴いたします。
o.ki.mo.chi.da.ke.cho.o.da.i.i.ta.shi.ma.su。

我心領了。

85.

下次吧！
また今度
こんど
ma ta kon do

場　合

婉拒對方的邀約時
附加的一句話。

對　象

朋友、同事。

換個說法

也可以說「またそのうちに。（下次再說）」、
「また次の機会に。（下次有機會的話）」。
つぎ　きかい

POINT!

帶有「這次不太方便，下次請你再約我」的意思。
但實際上大多不會有下次。

♫ 169

 結花、今度の日曜日久しぶりに親子３人で食事にでも行こうか。

yu.ka、ko.n.do.no.ni.chi.yo.o.bi.hi.sa.shi.bu.ri.ni.o.ya.ko.sa.n.ni.n.de.sho.ku.ji.ni.de.mo.i.ko.o.ka。

結花，這個星期日我們全家3個人一起去吃個飯吧！

 せっかくだけど、約束が入ってるからまた今度誘って。

se.k.ka.ku.da.ke.do、ya.ku.so.ku.ga.ha.i.t.te.ru.ka.ra.ma.ta.ko.n.do.sa.so.t.te。

● ～せっかく：特意、特地

難得你特地約我，但我已經有約了，下次再約我吧！

 また彼氏とデートか。お父さん、淋しいよ。

ma.ta.ka.re.shi.to.de.e.to.ka。o.to.o.sa.n、sa.mi.shi.i.yo。

● デート (date)：約會

又是跟男朋友約會嗎？爸爸好寂寞喔！

 お父さんもたまにはお母さんをデートに誘えば？

o.to.o.sa.n.mo.ta.ma.ni.wa.o.ka.a.sa.n.o.de.e.to.ni.sa.so.e.ba？

● 誘う：邀約、勸誘

爸爸也偶爾跟媽媽約個會啊！

對方提出邀約

♫ 170

 もしもし、ぼくこの前お会いした美木麗也です。覚えていらっしゃいますか？

mo.shi.mo.shi、bo.ku.ko.no.ma.e.o.a.i.shi.ta.mi.ki.re.i.ya.de.su。o.bo.e.te.i.ra.s.sha.i.ma.su.ka?

喂，我是之前和您碰過面的美木麗也。您還記得嗎？

 ええ、その節はお世話になりました。

e.e、so.no.se.tsu.wa.o.se.wa.ni.na.ri.ma.shi.ta。

是，之前受您照顧了。

● 節：時候、時期

 ぼく、ちょっとシックなカフェ・バーを知ってるんですが、今晩あたりいかがですか？

bo.ku、cho.t.to.shi.k.ku.na.ka.fe・ba.a.o.shi.t.te.ru.n.de.su.ga、ko.n.ba.n.a.ta.ri.i.ka.ga.de.su.ka?

我知道一間蠻安靜的咖啡廳，今晚不曉得您有沒有空？

 せっかくのお誘いですが、当分時間の都合がつきません。また次の機会に。

se.k.ka.ku.no.o.sa.so.i.de.su.ga、to.o.bu.n.ji.ka.n.no.tsu.go.o.ga.tsu.ki.ma.se.n。ma.ta.tsu.gi.no.ki.ka.i.ni。

謝謝您特地邀請我，目前時間上不太方便。下次有機會再說吧！

86

這個嘛…

それはちょっと…
so re wa cho tto

場合

委婉地表示不太贊成。

對象

同事、朋友…等。

POINT!

覺得最好不要這樣,和對方持相反意見時。
比「そうは思いません。(我不這麼認為)」、
「それは違うと思います。(我認為不是那樣)」
來得委婉。

常用短句

- やはりそうですか。 果然是這樣啊!
- いいんですか? 可以嗎?

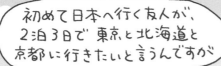

初めて日本へ行く友人が、2泊3日で東京と
北海道と京都に行きたいと言うんですが。
ha.ji.me.te.ni.ho.n.e.i.ku.yu.u.ji.n.ga、ni.ha.ku.mi.k.ka.de.to.o.kyo.o.to.
ho.k.ka.i.do.o.to.kyo.o.to.ni.i.ki.ta.i.to.i.u.n.de.su.ga。

第一次去日本玩的朋友說，想用3天2夜的時間去東京和北海道和京都。

それはちょっと…。いくらなんでも日程が短すぎます。
so.re.wa.cho.t.to…。i.ku.ra.na.n.de.mo.ni.t.te.i.ga.mi.ji.ka.su.gi.ma.su。

這個嘛…。不管怎麼說時間都太短了。

やはりそうですか。
どういう計画にしたらいいと思いますか？
ya.ha.ri.so.o.de.su.ka。
do.o.i.u.ke.i.ka.ku.ni.shi.ta.ra.i.i.to.o.mo.i.ma.su.ka?

果然是這樣啊！那妳覺得要怎麼計畫比較好呢？

今回は東京だけに絞ったらどうでしょう。
おすすめスポットを考えておきますよ。
ko.n.ka.i.wa.to.o.kyo.o.da.ke.ni.shi.bo.t.ta.ra.do.o.de.sho.o。
o.su.su.me.su.po.t.to.o.ka.n.ga.e.te.o.ki.ma.su.yo。

這次只在東京玩的話，如何呢？我再想想有什麼推薦的景點。

🎵 172

ねえお父さん、今度の食事にこれ着ていこうと思うんですけど。

ne.e.o.to.o.sa.n、ko.n.do.no.sho.ku.ji.ni.ko.re.ki.te.i.ko.o.to.o.mo.u.n.de.su.ke.do。

爸爸，這次的餐會我想穿這件去。

それはちょっと…。宮中晩餐会じゃないんだから、もっとカジュアルな服でいいよ。

so.re.wa.cho.t.to…kyu.u.chu.u.ba.n.sa.n.ka.i.ja.na.i.n.da.ka.ra、mo.t.to.ka.ju.a.ru.na.fu.ku.de.i.i.yo。

這個嘛…。又不是宮廷的晚餐會，穿輕鬆一點的衣服就好了。

いつも普段着にエプロンばかりだから、そういう気の利いた服なんて、持ってないんですよ…。

i.tsu.mo.fu.da.n.gi.ni.e.pu.ro.n.ba.ka.ri.da.ka.ra、so.o.i.u.ki.no.ki.i.ta.fu.ku.na.n.te、mo.t.te.na.i.n.de.su.yo…。

平常都穿圍裙，沒有那種可穿出門的衣服。

それなら先に新しい服を買いに行こう！

so.re.na.ra.sa.ki.ni.a.ta.ra.shi.i.fu.ku.o.ka.i.ni.i.ko.o！

那樣的話，先去買件新衣服吧！

いいんですか？ i.i.n.de.su.ka?

可以嗎？

87

拒絕

不擅長～
～は苦手です
wa niga te de su

場 合

對 象

委婉地表達自己不喜歡、
不擅長的事、物時。

鄰居、朋友、同事…等。

POINT!

→用來表達自己不擅長的事，例：
「運動は苦手です。（我不擅長運動）」。
→用來表達自己不喜歡某種食物或和某個人合不
來…等。

常用短句

● いらっしゃい。歡迎。
● 大好きよ。（我）最喜歡喔！

🎵173

 いらっしゃい。
ほら、マフィンちゃんもごあいさつして。
i.ra.s.sha.i。ho.ra、ma.fi.n.cha.n.mo.go.a.i.sa.tsu.shi.te。

歡迎。來！小馬芬也來跟客人打個招呼。

 ギャ〜!!
gya.a!!

啊〜！！

 あら、犬はダメでしたか？
a.ra、i.nu.wa.da.me.de.shi.ta.ka?

哎呀！妳怕狗嗎？

 すみません。
猫は好きなんですが、犬は苦手です。
su.mi.ma.se.n。ne.ko.wa.su.ki.na.n.de.su.ga、i.nu.wa.ni.ga.te.de.su。

不好意思，我喜歡貓咪，可是不太擅長跟狗狗相處。

在咖啡店

♫ 174

 私 エスプレッソはどうも 苦手。
wa.ta.shi.e.su.pu.re.s.so.wa.do.o.mo.ni.ga.te。

● どうも：（強調）眞、太、實在

我實在不太敢喝義式濃縮咖啡。

 私 もちょっと 苦手かな。苦みが 強すぎるから。
wa.ta.shi.mo.cho.t.to.ni.ga.te.ka.na。ni.ga.mi.ga.tsu.yo.su.gi.ru.ka.ra。

我也是，苦澀味太重了。

 でもエスプレッソにミルクを 入れた 物なら、大好きよ。
de.mo.e.su.pu.re.s.so.ni.mi.ru.ku.o.i.re.ta.mo.no.na.ra、da.i.su.ki.yo。

可是在義式咖啡裡加進牛奶的，我很喜歡喔！

 その点も 同感！だからいつもカプチーノかカフェラテ を 注文するんだ。
so.no.te.n.mo.do.o.ka.n！da.ka.ra.i.tsu.mo.ka.pu.chi.i.no.ka.ka.fe.ra.te.
o.chu.u.mo.n.su.ru.n.da。

這一點我也認同！所以我總是點卡布奇諾或咖啡拿鐵。

88.

請饒了我吧！
勘弁してください
かん　べん
kan ben shi te ku da sa i

場合

委婉拒絕對方時。

對象

朋友、同事…等。

POINT!

當對方拜託自己做不擅長或不敢做的事時。
例：「スピーチは勘弁してください。（請不要叫我
かんべん
去演講）」、「豚の耳は勘弁してください。（我
ぶた　みみ　　かんべん
不敢吃豬耳朵）」。

常用短句

● わかりました。我知道了。
● 賛成！贊成！
さんせい

被邀請當婚禮司儀

♫ 175

人前（ひとまえ）で話（はな）すのは苦手（にがて）なので、
司会者（しかいしゃ）は勘弁（かんべん）してください。
hi.to.ma.e.de.ha.na.su.no.wa.ni.ga.te.na.no.de、
shi.ka.i.sha.wa.ka.n.be.n.shi.te.ku.da.sa.i。

我不太擅長在衆人面前說話，當司儀這件事就請饒了我吧！

それでは短（みじか）くて結構（けっこう）ですから、
スピーチをぜひお願（ねが）いします。
so.re.de.wa.mi.ji.ka.ku.te.ke.k.ko.o.de.su.ka.ra、
su.pi.i.chi.o.ze.hi.o.ne.ga.i.shi.ma.su。

● スピーチ（speech）：演講

那簡短的就可以了，麻煩您演講。

う～ん、わかりました。がんばってみます。
u.u.n、wa.ka.ri.ma.shi.ta。ga.n.ba.t.te.mi.ma.su。

嗯，我知道了。我會試著努力看看。

ありがとうございます！新郎新婦（しんろうしんぷ）もよろこびます！
a.ri.ga.to.o.go.za.i.ma.su！shi.n.ro.o.shi.n.pu.mo.yo.ro.ko.bi.ma.su！

● 喜（よろこ）ぶ：高興、喜悅

謝謝！新郎新娘也一定會很高興的！

281

♫ 176

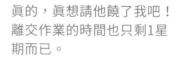

 今日早川先生から出た課題、きついよね。
kyo.o.ha.ya.ka.wa.se.n.se.i.ka.ra.de.ta.ka.da.i、ki.tsu.i.yo.ne。

今天早川老師派的作業，好難喔！

- きつい：嚴厲的、嚴苛的

 ほんと、勘弁してほしいなあ。
提出期限も1週間しかないし。
ho.n.to、ka.n.be.n.shi.te.ho.shi.i.na.a。
te.i.shu.tsu.ki.ge.n.mo.i.s.shu.u.ka.n.shi.ka.na.i.shi。

眞的，眞想請他饒了我吧！離交作業的時間也只剩1星期而已。

- しか：（下接否定）只、僅

 ねえ、協力して資料集めしない？
ne.e、kyo.o.ryo.ku.shi.te.shi.ryo.o.a.tsu.me.shi.na.i?

那要不要一起蒐集資料啊？

 賛成！さっそく図書館へ行こう！
sa.n.se.i!sa.s.so.ku.to.sho.ka.n.e.i.ko.o!

贊成！那我們趕快去圖書館吧！

89

雖然我幫不上什麼忙

何もできないけど

nani mo de ki na i ke do

場合

對象

看到有人正在煩惱或
需要別人幫忙時。

同事、朋友。

POINT!

實際上並不是真的什麼都不做，而是表示自己雖
然沒有解決這件事情的能力，但在能力範圍內會
盡全力協助。

常用短句

● どういう意味？ 是什麼意思？

● こんにちは！ 您好！

跟朋友間的談話

♫ 177

どうしたの?何もできないけど、
話を聞く事くらいならできるよ。
do.o.shi.ta.no?na.ni.mo.de.ki.na.i.ke.do、
ha.na.shi.o.ki.ku.ko.to.ku.ra.i.na.ra.de.ki.ru.yo。

怎麼了？雖然我幫不上什麼忙，不過我可以聽妳說喔！

ねえ、恋のキューピッドっていじわるな天使?
ne.e、ko.i.no.kyu.u.pi.t.to.t.te.i.ji.wa.ru.na.te.n.shi?

我說，愛神丘比特是不是個壞心眼的天使呀？

はあ?どういう意味?
ha.a?do.o.i.u.i.mi?

什麼？這句話是什麼意思？

どうしていい男たちは私の前を素通りして、
タイプじゃない男だけが寄ってくるの?
do.o.shi.te.i.i.o.to.ko.ta.chi.wa.wa.ta.shi.no.ma.e.o.su.do.o.ri.shi.te、
ta.i.pu.ja.na.i.o.to.ko.da.ke.ga.yo.t.te.ku.ru.no?

為什麼好男人都從我的眼前走過，不是我喜歡類型的男人才會接近我呢？

● 素通り：過門而不入

 こんにちは！今日は一晩お世話になります。
ko.n.ni.chi.wa！kyo.o.wa.hi.to.ba.no.se.wa.ni.na.ri.ma.su。

您好！今天要來打擾一晚。

 大した事はできないけど、
自分の家だと思ってくつろいでね。
ta.i.shi.ta.ko.to.wa.de.ki.na.i.ke.do、
ji.bu.n.no.i.e.da.to.o.mo.t.te.ku.tsu.ro.i.de.ne。

雖然沒辦法好好招待您，請當成像自己的家一樣好好地休息。

● くつろぐ：休息（不拘禮節）

 はい！どうもありがとうございます。
ha.i！do.o.mo.a.ri.ga.to.o.go.za.i.ma.su。

好的！謝謝。

 うちのお母さんの料理、
かなりまずいから、覚悟しておいて！
u.chi.no.o.ka.a.sa.n.no.ryo.o.ri、
ka.na.ri.ma.zu.i.ka.ra、ka.ku.go.shi.te.o.i.te！

我媽煮的菜很難吃，妳要有心理準備喔！

● かなり：相當、頗

90.

我已經受夠了

もうこりごりです
moo ko ri go ri de su

場 合

表達自己再也
無法忍耐、非常厭煩時。

對 象

同事、朋友。

POINT!

表示已到達極限，再也沒有辦法忍耐某件事再發
生在自己的身上時。

常用短句

● まさか冗談<ruby>冗談<rt>じょうだん</rt></ruby>じゃないですよ! 別開玩笑了啦!

● どうだった?（＝どうでしたか）如何呢?

擔任尾牙的總幹事

♫ 179

去年の忘年会の場所はすごく良かったよ。
ゲームも盛り上がったし。

kyo.ne.n.no.bo.o.ne.n.ka.i.no.ba.sho.wa.su.go.ku.yo.ka.t.ta.yo。
ge.e.mu.mo.mo.ri.a.ga.t.ta.shi。

● 盛り上がる：（氣気）活躍、沸騰

去年的尾牙場地，很棒呢！遊戲也讓氣氛很熱鬧。

今年の幹事も森山君で決まりだな！

ko.to.shi.no.ka.n.ji.mo.mo.ri.ya.ma.ku.n.de.ki.ma.ri.da.na。

今年的總幹事也決定讓森山（君）來擔任好了。

まさか冗談じゃないですよー！
もうこりごりです！

ma.sa.ka.jo.o.da.n.ja.na.i.de.su.yo.o！mo.o.ko.ri.go.ri.de.su！

別開玩笑了啦！我已經受夠了！

それなら、今のうちからくじ運を強くしておかないとね。

so.re.na.ra、i.ma.no.u.chi.ka.ra.ku.ji.u.n.o.tsu.yo.ku.shi.te.o.ka.na.i.to.ne。

這樣的話，從現在開始就要加強自己的籤運才行喔！

剛從娘家回來

♫ 180

奥さんのご実家の方はどうだった？
o.ku.sa.n.no.go.ji.k.ka.no.ho.o.wa.do.o.da.t.ta?

太太的娘家如何呢？

赤ちゃん連れの長旅は疲れたね～。
お盆で新幹線も混んでたし。
a.ka.cha.n.zu.re.no.na.ga.ta.bi.wa.tsu.ka.re.ta.ne～。
o.bo.n.de.shi.n.ka.n.se.n.mo.ko.n.de.ta.shi。

帶著小朋友長途旅行真是累人。而且盂蘭盆節新幹線又很擁擠。

向こうに着いたら、ずっと親戚の子供たちの
お守りをさせられて、もう子供の相手はこりごり！
mu.ko.o.ni.tsu.i.ta.ra、zu.t.to.shi.n.se.ki.no.ko.do.mo.ta.chi.no.
o.mo.ri.o.sa.se.ra.re.te、mo.o.ko.do.mo.no.a.i.te.wa.ko.ri.go.ri！

一到娘家，就一直幫忙照顧親戚的小孩，已經受夠跟小朋友相處了。

とは言っても、やっぱり自分の子供だけはかわいいなあ～。
to.wa.i.t.te.mo、ya.p.pa.ri.ji.bu.n.no.ko.do.mo.da.ke.wa.ka.wa.i.i.na.a～。

雖然話是這樣說，但果然還是覺得自己的小孩最可愛呢！

91.

現在正在忙
今取り込んでいますので
ima to ri kon de i ma su no de

場合

不希望被對方打擾時。

對象

朋友、同事、長輩。

POINT!

因為手邊很忙或是不方便時，通常不會直接說
「今忙しいので後にしてください。（現在很忙，請
之後再來）」。

常用短句

● 悪いけど。不好意思。
● 申し訳ありません。非常抱歉。

♫ 181

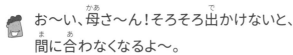 お～い、母_{かあ}さ～ん！そろそろ出_でかけないと、
間_まに合_あわなくなるよ～。

o～i、ka.a.sa～n!so.ro.so.ro.de.ka.ke.na.i.to、
ma.ni.a.wa.na.ku.na.ru.yo～。

● 出_でかける：出門、出去

喂！媽媽！差不多
該出門了，要不然
會來不及喔！

やっぱりこの服_{ふく}より、さっきの服_{ふく}の方_{ほう}がよかったかな？

ya.p.pa.ri.ko.no.fu.ku.yo.ri、sa.k.ki.no.fu.ku.no.ho.o.ga.yo.ka.t.ta.ka.na?

● より：（表示比較的基準）比、比較

比起這件衣服，果
然還是剛剛那件比
較合適的樣子？

 リーン

ri.i.n

（鈴~鈴~鈴）

 申_{もう}し訳_{わけ}ありませんが、家内_{かない}は今_{いま}取_とり込_こんでいますの
で、また後_{のち}ほど連絡_{れんらく}入_いれさせます。

mo.o.shi.wa.ke.a.ri.ma.se.n.ga、ka.na.i.wa.i.ma.to.ri.ko.n.de.i.ma.su.no.
de、ma.ta.no.chi.ho.do.re.n.ra.ku.i.re.sa.se.ma.su。

非常抱歉，內人現
在正在忙，稍後再
連絡您。

媽媽突然走進房間

♪182

 ねえ、今度の遠足のお弁当の事なんだけど。
ne.e、ko.n.do.no.e.n.so.ku.no.o.be.n.to.o.no.ko.to.na.n.da.ke.do。

我說，這次的遠足便當的事。

 わ～っ！悪いけど、今取り込んでるから、
後にしてくれる？
wa.a！wa.ru.i.ke.do、i.ma.to.ri.ko.n.de.ru.ka.ra、
a.to.ni.shi.te.ku.re.ru？

啊！不好意思，現在正在忙，可以等一下再說嗎？

 それじゃ後にするけど…。何なの一体…？
sa.re.ja.a.to.ni.su.ru.ke.do…。na.n.na.no.i.t.ta.i…？

那我等一下再來…。到底在做什麼啊？

 母の日のプレゼントは、
やっぱり当日まで内緒にしたいもんね。
ha.ha.no.hi.no.pu.re.ze.n.to.wa、
ya.p.pa.ri.to.o.ji.tsu.ma.de.na.i.sho.ni.shi.ta.i.mo.n.ne。

母親節禮物，還是想保密到當天呢！

● 内緒：秘密

291

92

如同您所説的

おっしゃる通りです
o ssha ru too ri de su

場　合

對　象

同意對方的想法、意見時。

朋友、同事、長輩…等。

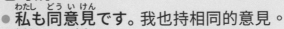

也可説
- 私も同意見です。我也持相同的意見。
- 私もそう思います。我也這麼認爲。
- それはいい考えですね。今まで思いつきませんでした。這是個好主意，我之前都沒有想到。
- それでいきましょう。那就這麼決定吧！

朋友之間可説
- それはいいね。那很好呢！
- じゃあそうしよう。那就這麼做吧！

在茶道教室

♫ 183

 先生、茶道の世界は奥が深いんですね。
se.n.se.i、sa.do.o.no.se.ka.i.wa.o.ku.ga.fu.ka.i.n.de.su.ne。

老師，茶道的世界眞是深奧呢！

おっしゃる通りです。
やればやるほどその深さに気づくものですよ。
o.s.sha.ru.to.o.ri.de.su。
ya.re.ba.ya.ru.ho.do.so.no.fu.ka.sa.ni.ki.zu.ku.mo.no.de.su.yo。

如同您所說的。越深入學習的話就更能感受到其中的深奧喔！

 最初のうちは正座ができなくて困りましたが。
sa.i.sho.no.u.chi.wa.se.i.za.ga.de.ki.na.ku.te.ko.ma.ri.ma.shi.ta.ga。

剛開始的時候還因爲不習慣跪坐，而感到傷腦筋。

今ではうそのようですね。
i.ma.de.wa.u.so.no.yo.o.de.su.ne。

現在回想起來就像是夢一樣呢！

♫ 184

 ハイキングルートは２つあるよ。
ha.i.ki.n.gu.ru.u.to.wa.fu.ta.tsu.a.ru.yo。

健行步道有2條路線喔！

● ハイキング (hiking)：爬山健行｜● ルート (route)：路線

 お気軽Aコースは所要時間約３０分、
本格Bコースは約2時間３０分だって。
o.ki.ga.ru.A.ko.o.su.wa.sho.yo.o.ji.ka.n.ya.ku.sa.n.ju.p.pu.n、
ho.n.ka.ku.B.ko.o.su.wa.ya.ku.ni.ji.ka.n.sa.n.ju.p.pu.n.da.
t.te。

省力的A路線所需的時間大約是30分鐘，正規的B路線則需要2小時30分。

 Aコースの方にしない？
A.ko.o.su.no.ho.o.ni.shi.na.i?

那要不要走A路線呢？

 うん、そうしよう。
u.n、so.o.shi.yo.o。

嗯！就照妳說的吧！

93

附和

贊成
賛成です
san sei de su

場合

對象

同意對方的意見、提案時。

朋友、同事、長輩…等。

換個説法

也可以說「その（Aさんの考えに）賛成です。（我贊成Ａ先生的想法）」、「異議ありません。（沒有異議）」。

POINT!

通常用於當對方詢問你針對他所提出的意見、想法有什麼看法時。表決時也常使用。

♫185

 早川先生が夏のゼミ合宿は軽井沢にあるセミナーハウスで、とおっしゃってるんだけど、どう?
ha.ya.ka.wa.se.n.se.i.ga.na.tsu.no.ze.mi.ga.s.shu.ku.wa.ka.ru.i.za.wa.ni.a.ru.se.mi.na.a.ha.u.su.de、to.o.s.sha.t.te.ru.n.da.ke.do、do.o?

早川老師說夏季的研討會集訓場地就選在輕井澤,大家覺得如何?

 賛成!
sa.n.se.i!

賛成!

 賛成です。
sa.n.se.i.de.su。

賛成。

 じゃあなるべく早くセミナーハウスを押さえておかないと。
ja.a.na.ru.be.ku.ha.ya.ku.se.mi.na.a.ha.u.su.o.o.sa.e.te.o.ka.na.i.to。

那麼要儘早預約場地才行。

● なるべく:務必、儘可能

 去年は予約が取れなくて、結構高い旅館になったからね。
kyo.ne.n.wa.yo.ya.ku.ga.to.re.na.ku.te、ke.k.ko.o.ta.ka.i.ryo.ka.n.ni.na.t.ta.ka.ra.ne。

去年因為沒有訂到,所以後來住了滿貴的旅館呢!

 このプロジェクトは3人くらいのチームで
進めるのがいいと思います。
ko.no.pu.ro.je.ku.to.wa.sa.n.ni.n.ku.ra.i.no.chi.i.mu.de.
su.su.me.ru.no.ga.i.i.to.o.mo.i.ma.su。

我認為這個企劃案以3個人左右的團隊去進行會比較好。

 異議なし！
i.gi.na.shi!

沒有異議！

 はい！チームのリーダーに、発案者の森山さんを推薦します！
ha.i!chi.i.mu.no.ri.i.da.a.ni、ha.tsu.a.n.sha.no.mo.ri.ya.ma.sa.no.su.i.se.n.shi.
ma.su!

● チーム (team)：團隊 ｜ ● リーダー (leader)：領導人、領袖

好！那我推薦團隊的組長就由發起的森山小姐擔任。

 異議なーし！
i.gi.na.a.shi!

沒有異議！

 （ううっ、プレッシャー！）
u.u、pu.re.s.sha.a! ● プレッシャー (pressure)：壓力

嗚嗚，壓力好大！

94

原來如此
なるほど
na ru ho do

場 合

附和對方時。

對 象

朋友、同事。

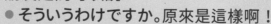

換個説法

朋友之間可以說
- そういうわけですか。原來是這樣啊！
- よくわかりました。我了解了。
- そっか。這樣啊！
- へえ、そうなんだ。喔～原來是這樣啊！

女生常說
- そうだったの。是這樣啊！
- そうなの。這樣啊！

今日<ruby>今日<rt>きょう</rt></ruby>はこのまま<ruby>帰<rt>かえ</rt></ruby>るよ。お<ruby>先<rt>さき</rt></ruby>に〜。
kyo.o.wa.ko.no.ma.ma.ka.e.ru.yo。o.sa.ki.ni〜。

今天我就先回去囉！先走了〜。

<ruby>最近<rt>さいきん</rt></ruby>あいつ、つき<ruby>合<rt>あ</rt></ruby>い<ruby>悪<rt>わる</rt></ruby>いよな。
コンパに<ruby>誘<rt>さそ</rt></ruby>っても<ruby>全然<rt>ぜんぜん</rt></ruby><ruby>来<rt>こ</rt></ruby>ないし。
sa.i.ki.n.a.i.tsu、tsu.ki.a.i.wa.ru.i.yo.na。
ko.n.pa.ni.sa.so.t.te.mo.ze.n.ze.n.ko.na.i.shi。

最近那傢伙很難約呢！
約他去餐會也都不來。

● コンパ：「コンパニー」的略語。由同學各自負擔費用的聚餐

あれ？<ruby>知<rt>し</rt></ruby>らなかった？<ruby>最近<rt>さいきん</rt></ruby><ruby>彼女<rt>かのじょ</rt></ruby>ができたんだよ。
a.re?shi.ra.na.ka.t.ta?sa.i.ki.n.ka.no.jo.ga.de.ki.ta.n.da.yo。

咦？你不知道嗎？
他最近交了女朋友喔！

なるほど。そういう<ruby>訳<rt>わけ</rt></ruby>だったんだ。
na.ru.ho.do。so.o.i.u.wa.ke.da.t.ta.n.da。

原來如此。是因為這個
原因啊！

 仕事先の人にしつこくデートに誘われて、困ってるの。
shi.go.to.sa.ki.no.hi.to.ni.shi.tsu.ko.ku.de.e.to.ni.sa.so.wa.re.te、ko.ma.t.te.ru.no。

● しつこい：糾纏不休的、討厭的

在工作上認識的人一直對我糾纏不清，要約我出去，眞是傷腦筋。

 そうだったの。で、相手はどんな人？
so.o.da.t.ta.no。de、a.i.te.wa.do.n.na.hi.to?

這樣子啊！那對方是個怎麼樣的人呢？

 エリート意識が高くて、自分が声を掛ければどんな女性もなびくと思い込んでる勘違い野郎！
e.ri.i.to.i.shi.ki.ga.ta.ka.ku.te、ji.bu.n.ga.ko.e.o.ka.ke.re.ba.do.n.na.jo.se.i.mo.na.bi.ku.to.o.mo.i.ko.n.de.ru.ka.n.chi.ga.i.ya.ro.o!

覺得自己是精英，一開口所有女人就會自動黏過來。白目的傢伙！

 そういうタイプって、自分が相手に嫌われてる事に全然気づかないよね。
so.o.i.u.ta.i.pu.t.te、ji.bu.n.ga.a.i.te.ni.ki.ra.wa.re.te.ru.ko.to.ni.ze.n.ze.n.ki.zu.ka.na.i.yo.ne。

那種人完全不會意識到自己被對方討厭呢！

300

是啊…

そうですね

soo de su ne

場合

對象

回答對方的詢問時。

同事、朋友、長輩…等。

換個説法

朋友之間可說「そうだね。」、「そうだなあ。」。

POINT!

用於回答時所說的第一句話，接著再表達自己肯定或否定的意見。

山本さんは台湾では他にどこへ行ってみたいですか？

そうですね、たくさんあるんですが…。

陶器に興味があるので、鶯歌とか。

台北からわりと近いですよ

絵付け体験もできるそうです

さっそく明日にでも足を延ばしてみます！

♫ 189

山本さんは台湾では他にどこへ行ってみたいですか？
ya.ma.mo.to.sa.n.wa.ta.i.wa.n.de.wa.ho.ka.ni.do.ko.e.i.t.te.mi.ta.i.de.su.ka?

山本小姐在台灣還有其他想去的地方嗎？

そうですね、たくさんあるんですが…。
陶器に興味があるので、鶯歌とか。
so.o.de.su.ne、ta.ku.sa.n.a.ru.n.de.su.ga…。
to.o.ki.ni.kyo.o.mi.ga.a.ru.no.de、o.o.ka.to.ka。

是啊，有很多喔！因爲我對陶瓷有興趣，像是鶯歌之類的。

台北からわりと近いですよ。絵付け体験もできるそうです。
ta.i.pe.i.ka.ra.wa.ri.to.chi.ka.i.de.su.yo。e.zu.ke.ta.i.ke.n.mo.de.ki.ru.so.o.de.su。

其實意外地離台北還滿近的喔！而且聽說還可以體驗在陶瓷上繪圖。

● わりと：（＝わりに）意外地

さっそく明日にでも足を延ばしてみます！
sa.s.so.ku.a.shi.ta.ni.de.mo.a.shi.o.no.ba.shi.te.mi.ma.su！

那我明天馬上去好了！

● さっそく：立刻、馬上

今晩のおかずは、何がいい？

ko.n.ba.n.no.o.ka.zu.wa、na.ni.ga.i.i?

● おかず：菜餚

今天晚餐，想吃什麼菜呢？

そうだなあ。和食、いや洋食もいいな。それともたまには中華とか？

so.o.da.na.a。wa.sho.ku、i.ya.yo.o.sho.ku.mo.i.i.na。so.re.to.mo.ta.ma.ni.wa.chu.u.ka.to.ka?

是啊！日本料理、西式料理也可以。偶爾吃個中華料理也不錯。

もう！あなたはいつも優柔不断なんだから。七海は何が食べたい？

mo.o!a.na.ta.wa.i.tsu.mo.yu.u.ju.u.fu.da.n.na.n.da.ka.ra。na.na.mi.wa.na.ni.ga.ta.be.ta.i?

真是的！老公你總是那麼優柔寡斷。
七海妳想吃什麼？

何でもいいけど、ダイエットメニューがいい！

na.n.de.mo.i.i.ke.do、da.i.e.tto.me.nyu.u.ga.i.i!

● ダイエット（diet）：瘦身、減肥

什麼都可以，能瘦身的菜餚更好！

303

96.

當然
もちろんです
mo chi ron de su

場合

表示理所當然或
同意對方的意見時。

對象

朋友、同事、長輩。

POINT!

表示理所當然、絕對、或予以積極的同意時，所
說的一句話。

常用短句

● ご指導よろしくお願いします。 麻煩您指導了。

● きっとそうだと思うよ。 我認為一定是這樣的！

 4月に予定しているシンポジウムで、何か発表してみる気はある？ shi.ga.tsu.ni.yo.te.i.shi.te.i.ru.shi.n.po.ji.u.mu.de、na.ni.ka.ha.p.pyo.o.shi.te.mi.ru.ki.wa.a.ru?

● シンポジウム（symposium）：研討、座談會

預定4月舉行的研討會，你想不想試著發表看看呢？

もちろんです！ぜひチャレンジさせてください。 mo.chi.ro.n.de.su！ze.hi.cha.re.n.ji.sa.se.te.ku.da.sa.i。

● チャレンジ（challenge）：挑戰

當然！請務必讓我挑戰。

 頼もしいな。そのやる気だと、もう発表するテーマは決まっているようだね。 ta.no.mo.shi.i.na。so.no.ya.ru.ki.da.to、mo.o.ha.p.pyo.o.su.ru.te.e.ma.wa.ki.ma.t.te.i.ru.yo.o.da.ne。

眞是靠得住啊！看你這麼有幹勁，應該已經決定好要發表的題目了吧！

いえ、そちらの方はまだこれからです。ご指導よろしくお願いします。 i.e、so.chi.ra.no.ho.o.wa.ma.da.ko.re.ka.ra.de.su。go.shi.do.o.yo.ro.shi.ku.o.ne.ga.i.shi.ma.su。

不，那部份現在才要開始想。麻煩教授指導了。

男女朋友間的談話

♫ 192

もし生まれ変わっても、私たちまた巡り会えると思う？
mo.shi.u.ma.re.ka.wa.t.te.mo、wa.ta.shi.ta.chi.ma.ta.me.gu.ri.a.e.ru.to.o.mo.u?

如果有來生，你覺得我們還會相遇嗎？

もちろん！きっとそうだと思うよ。
mo.chi.ro.n！ki.t.to.so.o.da.to.o.mo.u.yo。

當然！一定會的！

でも、何で急にそんな事を言い出すの？
de.mo、na.n.de.kyu.u.ni.so.n.na.ko.to.o.i.i.da.su.no?

但是，為什麼妳會突然說起這件事呢？

じつは昨夜見たテレビドラマで聞いたセリフなの。
ji.tsu.wa.sa.ku.ya.mi.ta.te.re.bi.do.ra.ma.de.ki.i.ta.se.ri.fu.na.no。

其實是我昨天晚上看電視劇時聽到的台詞。

●ドラマ(drama)：戲劇 | ●セリフ：台詞、對白

306

97.

就是啊！

まったくです
ma　tta　ku　de　su

場　合

對　象

強烈地表達同意或同感。

同事、朋友…等。

換個説法

「まったくその<ruby>通<rt>とお</rt></ruby>りです。（完全就是這麼一回事）」、「その<ruby>通<rt>とお</rt></ruby>りです。（就是那樣）」。
朋友之間可說「ほんと。（是啊）」、「そうそう。（沒錯沒錯）」。

常用短句

● <ruby>寒<rt>さむ</rt></ruby>いですね。很冷呢！

● いいですね。（表示肯定、贊同）好啊！真好！

♫193

 今年の冬は寒いですね。
ko.to.shi.no.fu.yu.wa.sa.mu.i.de.su.ne。

今年的冬天真的很冷呢！

 まったくです。今日も5℃しかありませんよ。
ma.t.ta.ku.de.su。kyo.o.mo.go.do.shi.ka.a.ri.ma.se.n.yo。

就是啊！今天也只有5度。

 もしよろしければ、ちょっとうちに寄って、
こたつで 暖まっていかれませんか？
mo.shi.yo.ro.shi.ke.re.ba、cho.t.to.u.chi.ni.yo.t.te、
ko.ta.tsu.de.a.ta.ta.ma.t.te.i.ka.re.ma.se.n.ka?

不介意的話，要不要順便到
我家，用暖爐桌暖暖身子
啊？

 いいですね〜！こたつでなごみましょう。
i.i.de.su.ne〜！ko.ta.tsu.de.na.go.mi.ma.sho.o。

好啊〜！在暖爐桌裡好好地
休息一下吧！

● なごむ：緩和、平靜

和朋友訴苦

♫194

ねえ聞いてくれる?また例の男と仕事で会わなくちゃいけなくなったのよ。

ne.e.ki.i.te.ku.re.ru?ma.ta.re.i.no.o.to.ko.to.shi.go.to.de.a.wa.na.ku.cha.i.ke.na.ku.na.t.ta.no.yo。

有在聽我說嗎?上次我跟妳說的那個男的,又因為工作不得不跟他碰面了。

仕事だと仕方ないけど、つらいね。

shi.go.to.da.to.shi.ka.ta.na.i.ke.do、tsu.ra.i.ne。

是工作也沒辦法啊!真是痛苦呢!

ほんとほんと。また食事に誘われたらいやだなあ。

ho.n.to.ho.n.to。ma.ta.sho.ku.ji.ni.sa.so.wa.re.ta.ra.i.ya.da.na.a。

● 「誘われる」:「誘う」的被動形態

真的真的!如果他又要約我吃飯,真的很討厭。

打ち合わせが終わる頃、私が先手を打ってお誘いの電話をかけてあげようか?

u.chi.a.wa.se.ga.o.wa.ru.ko.ro、wa.ta.shi.ga.se.n.te.o.u.tte.o.sa.so.i.no.de.n.wa.o.ka.ke.te.a.ge.yo.o.ka?

那公事談完的時候,我先打電話約妳,如何?

98

也可以這麼說

それはいえます
so re wa i e ma su

場　合

同意對方的意見時。

對　象

朋友、同事。

換個説法

也可以說「そうともいえます。（可以這麼說）」、「それもそうですね。（說的也是）」。朋友之間可說「いえる。（可以這麼說）」、「そうそう。（沒錯、沒錯）」。

常用短句

- その通りです！　就是（你說的）那樣。
- まちがえないでくださいね。　別弄錯了喔！

 お抹茶の色は、心を落ち着かせてくれる色ですね。

抹茶的顏色真是可以讓人感到平靜的顏色呢！

o.ma.c.cha.no.i.ro.wa、ko.ko.ro.o.o.chi.tsu.ka.se.te.ku.re.ru.i.ro.de.su.ne。

● 「落ち着かせる」：「落ち着く」的使役形

それはいえます。

也可以這麼說。

so.re.wa.i.e.ma.su。

 お点前頂戴いたします。

那麼我就享用了。

o.ta.te.ma.e.cho.o.da.i.i.ta.shi.ma.su。

● 点前：(茶道)點茶的方式

 飲むとさらに落ち着きますね。

喝下去更感到平靜呢！

no.mu.to.sa.ra.ni.o.chi.tsu.ki.ma.su.ne。

 そうそう。

沒錯沒錯！

so.o.so.o。

● さらに：更加

311

 <ruby>鶯歌<rt>おうか</rt></ruby>へ<ruby>行<rt>い</rt></ruby>くには<ruby>台北駅<rt>たいぺいえき</rt></ruby>から<ruby>電車<rt>でんしゃ</rt></ruby>に<ruby>乗<rt>の</rt></ruby>ればいいんですよね？

o.o.ka.e.i.ku.ni.wa.ta.i.pe.i.e.ki.ka.ra.de.n.sha.ni.no.re.ba.i.i.n.de.su.yo.ne?

要去鶯歌的話，從台北車站搭電車去就可以了，對吧？

 そうそう。その<ruby>通<rt>とお</rt></ruby>りです！

so.o.so.o。so.no.to.o.ri.de.su!

沒錯沒錯。就是那樣！

 でもMRTじゃなくて<ruby>鉄道<rt>てつどう</rt></ruby>なので、まちがえないでくださいね。

de.mo.e.mu.a.ru.ti.ja.na.ku.te.te.tsu.do.o.na.no.de、

ma.chi.ga.e.na.i.de.ku.da.sa.i.ne。

不過，不是搭捷運而是火車喔！別弄錯了喔！

 ひゃ～、それを<ruby>聞<rt>き</rt></ruby>かなかったら、うっかりまちがえるところでした。

hya～、so.re.o.ki.ka.na.ka.t.ta.ra、u.k.ka.ri.ma.chi.ga.e.ru.to.ko.ro.de.shi.ta。

呼～，如果沒有問的話差點搞混了。

● <ruby>間違<rt>まちが</rt></ruby>える：弄錯、搞錯

99.

然後呢？

それで
so re de

場合

談話中用來催促對方
繼續講下去時。

對象

認識的人、朋友…等。

POINT!

尾音記得要提高喔！「それで↗」。

常用短句

- すごいな〜　真是厲害！
- すぐ帰（かえ）ってきちゃった。我立刻就回家了。

朋友對茶道很有興趣

♫ 197

先日お茶の先生を訪ねてみました。
se.n.ji.tsu.o.cha.no.se.n.se.i.o.ta.zu.ne.te.mi.ma.shi.ta。

前幾天我去拜訪了茶道的老師。

へー、それで？習うことにしたの？
he.e.so.re.de?na.ra.u.ko.to.ni.shi.ta.no?

這樣啊！然後呢？決定要學茶道了嗎？

はい。週1回お稽古をつけてもらっています。
ha.i.shu.u.i.k.ka.i.o.ke.i.ko.o.tsu.ke.te.mo.ra.t.te.i.ma.su。

● 稽古：學習、練習（技藝…等）

是的。一個星期學一次。

日本人の私もちゃんと習った事がないのに、コアラ君はすごいな〜。
ni.ho.n.ji.n.no.wa.ta.shi.mo.cha.n.to.na.ra.t.ta.ko.to.ga.na.i.no.ni、
ko.a.ra.ku.n.wa.su.go.i.na〜。

連身為日本人的我都沒有好好學過的事，無尾熊（君）真是了不起！

百貨公司年初特賣

♫ 198

お正月休みはどこかへ出かけた？
o.sho.o.ga.tsu.ya.su.mi.wa.do.ko.ka.e.de.ka.ke.ta?

過年期間有去了哪裡嗎？

デパートの初売りに行って来たよ。
de.pa.a.to.no.ha.tsu.u.ri.ni.i.t.te.ki.ta.yo。

我去了百貨公司的年初特賣會。

それで？何か掘り出し物買えた？
so.re.de?na.ni.ka.ho.ri.da.shi.mo.no.ka.e.ta?

然後呢？有買到什麼好東西嗎？

それが、開店前の大行列にびっくりして、
何も買わずにそのまま帰ってきちゃったんだ。
so.re.ga、ka.i.te.n.ma.e.no.da.i.gyo.o.re.tsu.ni.bi.k.ku.ri.shi.te、
na.ni.mo.ka.wa.zu.ni.so.no.ma.ma.ka.e.t.te.ki.cha.t.ta.n.da。

開店前就已經大排長龍，嚇了我一跳，什麼也沒買就這樣回家了。

100.

那個的話…

それが
so re ga

場合

談話中回答對方時。

對象

朋友、同事。

POINT!

也可用於對對方的想法（對方認爲理所當然的事）或疑問，不知道該如何回應或是難以啓齒時。

常用短句

- 大変^{たいへん}でした。 眞的很辛苦。
- まだなんです。 還沒。

預約場地

🎵 199

<ruby>鈴<rt>すず</rt></ruby><ruby>木<rt>き</rt></ruby><ruby>君<rt>くん</rt></ruby>、<ruby>夏<rt>なつ</rt></ruby><ruby>合<rt>がっ</rt></ruby><ruby>宿<rt>しゅく</rt></ruby>で<ruby>使<rt>つか</rt></ruby>うセミナーハウスの<ruby>予約<rt>よやく</rt></ruby>は<ruby>取<rt>と</rt></ruby>れた？

su.zu.ki.ku.n、na.tsu.ga.s.shu.ku.de.tsu.ka.u.se.mi.na.a.ha.u.su.no.yo.ya.ku.wa.to.re.ta?

鈴木（君），夏季的集訓場所已經預約到了嗎？

それがまだなんです。

so.re.ga.ma.da.na.n.de.su。

那個的話還沒有。

えっ!?そろそろ<ruby>決<rt>き</rt></ruby>めておかないとまずいだろう。

e!?so.ro.so.ro.ki.me.te.o.ka.na.i.to.ma.zu.i.da.ro.o。

● 「だろう」＝「でしょう」，較口語

咦？差不多不快點決定的話，不太好吧！

<ruby>安<rt>やす</rt></ruby>くて<ruby>人気<rt>にんき</rt></ruby>があるから、<ruby>先着<rt>せんちゃく</rt></ruby><ruby>順<rt>じゅん</rt></ruby>から<ruby>抽選<rt>ちゅうせん</rt></ruby>になったんです。<ruby>今<rt>いま</rt></ruby><ruby>結果<rt>けっか</rt></ruby><ruby>待<rt>ま</rt></ruby>ちなんですよ。

ya.su.ku.te.ni.n.ki.ga.a.ru.ka.ra、se.n.cha.ku.ju.n.ka.ra.chu.u.se.n.ni.na.t.ta.n.de.su。i.ma.ke.k.ka.ma.chi.na.n.de.su.yo。

因爲便宜又受歡迎的場地，要依順序抽籤決定，現在在等結果。

 もりやまくん しょうがつ やす
森山君、お正月はふるさとでゆっくり休めた？
mo.ri.ya.ma.ku.n、o.sho.o.ga.tsu.wa.fu.ru.sa.to.de.yu.k.ku.ri.ya.su.me.ta?

森山（君），過年的時候在老家好好休息了嗎？

 こ とし
それが、今年はそうもいかなかったんです。
so.re.ga、ko.to.shi.wa.so.o.mo.i.ka.na.ka.t.ta.n.de.su。

那個的話，今年完全沒有休息。

 どうして？
なに こと いなか い
たしか何もする事がない田舎だって言ってたよね？
do.o.shi.te?
ta.shi.ka.na.ni.mo.su.ru.ko.to.ga.na.i.i.na.ka.da.t.te.i.t.te.ta.yo.ne?

為什麼？我記得妳不是說回鄉下都沒有什麼事可做嗎？

 ふゆ ゆき いじょう おお まいにちゆき たいへん
この冬は雪が異常に多くて、毎日雪かきで大変
きんにくつう と
でした。まだ筋肉痛が取れません。
ko.no.fu.yu.wa.yu.ki.ga.i.jo.o.ni.o.o.ku.te、ma.i.ni.chi.yu.ki.ka.ki.de.ta.
i.he.n.de.shi.ta。ma.da.ki.n.ni.ku.tsu.u.ga.to.re.ma.se.n。

這個冬天雪下得比往年多，每天掃雪真的很辛苦。現在肌肉還在痠痛。

101.

不知道耶

さあ
sa a

場合

表示不知道、不清楚時。

對象

○朋友
×上司、長輩

換個說法

當對方是長輩時，則應該說「わかりませんが。（我不知道）」、「聞いておりませんが。（我沒有聽說）」，通常不會直接回答「さあ」。

常用短句

● 遅れてごめん。 我遲到了，對不起！
● 今来たところです。 我也是剛剛才到。

🎵 201

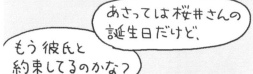

 あさっては桜井さんの誕生日だけど、
もう彼氏と約束してるのかな？

a.sa.t.te.wa.sa.ku.ra.i.sa.n.no.ta.n.jo.o.bi.da.ke.do、
mo.o.ka.re.shi.to.ya.ku.so.ku.shi.te.ru.no.ka.na?

後天是櫻井的生日，不知道她有沒有和男朋友約好了？

 さあ、どうだろう？でもきっとそうだよね。

sa.a、do.o.da.ro.o?de.mo.ki.t.to.so.o.da.yo.ne。

● きっと：一定、必定

不知道有沒有耶？不過應該是那樣沒錯吧！

 去年までは 女 3人で誕生会してたのにね。

kyo.ne.n.ma.de.wa.o.n.na.sa.n.ni.n.de.ta.n.jo.o.ka.i.shi.te.ta.no.ni.ne。

● のに：（表示遺憾、惋惜）

到去年為止都是我們3個女生一起舉辦生日會的。

 じゃあ今年はランチタイムに 3人で集まろうよ。

ja.a.ko.to.shi.wa.ra.n.chi.ta.i.mu.ni.sa.n.ni.n.de.a.tsu.ma.ro.o.yo。

那麼今年就用午餐時間3個人聚聚吧！

在百貨公司

🎵 202

 遅れてごめん！あれ、お母さんは？
o.ku.re.te.go.me.n！a.re、o.ka.a.sa.n.wa？

我遲到了，對不起！咦？媽媽呢？

 さあ。
sa.a。

不知道耶。

 私たちも、今来たところだから…。
wa.ta.shi.ta.chi.mo、i.ma.ki.ta.to.ko.ro.da.ka.ra…。

因爲我們也是剛剛才到。

 携帯にメッセージも入ってないし。心配だなあ。
ke.i.ta.i.ni.me.s.se.e.ji.mo.ha.i.t.te.na.i.shi。shi.n.pa.i.da.na.a。

也沒有傳簡訊來。眞是令人擔心啊！

 ごめん、ごめん！ついバーゲンに我を忘れてた！
go.me.n、go.me.n！tsu.i.ba.a.ge.n.ni.wa.re.o.wa.su.re.te.ta！

對不起，對不起！一不小心就在特賣會逛到忘我了！

● つい：不知不覺地、無意中 ｜ ● バーゲン：「バーゲンセール (bargain sale)」的略語，特賣會

102.

那真是太好了！
それはよかったですね
so re wa yo ka tta de su ne

場合

聽到對方有好事、好消息，
祝賀對方時。

對象

朋友、同事。

換個説法

「よかったですね。（眞是太好了）」、
「おめでとうございます。（恭喜）」。

常用短句

● 本当（ほんとう）におめでとう！　眞的是可喜可賀！

● ごちそうさまでした。（我吃飽了）謝謝您的款待。

朋友的父親平安出院

♫ 203

先日父が退院しました。
せんじつ ちち たいいん
se.n.ji.tsu.chi.chi.ga.ta.i.i.n.shi.ma.shi.ta。

前幾天家父出院了。

それはよかったですね。本当におめでとう！
ほん とう
so.re.wa.yo.ka.t.ta.de.su.ne。ho.n.to.o.ni.o.me.de.to.o!

那真是太好了。真是可喜可賀！

いろんな方々にご心配していただいて、
かた がた しん ぱい
感謝しています。
かん しゃ
i.ro.n.na.ka.ta.ga.ta.ni.go.shi.n.pa.i.shi.te.i.ta.da.i.te、
ka.n.sha.shi.te.i.ma.su。

受到許多人的關心，真的很感謝。

今度主人と一緒に、快気祝いにお伺いします。
こん ど しゅじん いっしょ かい き いわ うかが
ko.n.do.shu.ji.n.to.i.s.sho.ni、ka.i.ki.i.wa.i.ni.o.u.ka.ga.i.shi.ma.su。

下次和我老公一起去祝賀他痊癒。

● 快気：(病) 痊癒
かい き

この前いただいたお鍋、うちで大活躍しています。
ko.no.ma.e.i.ta.da.i.ta.o.na.be、u.chi.de.da.i.ka.tsu.ya.ku.shi.te.i.ma.su。

前陣子您送我的鍋子，在我家大大地派上用場。

それはよかった！使ってもらえてうれしいです。
so.re.wa.yo.ka.t.ta！tsu.ka.t.te.mo.ra.e.te.u.re.shi.i.de.su。

那真是太好了！您能使用真是開心。

いただいた柿、大好評でしたよ！
ごちそうさまでした。
i.ta.da.i.ta.ka.ki、da.i.ko.o.hyo.o.de.shi.ta.yo！
go.chi.so.o.sa.ma.de.shi.ta。

您送我的柿子，大家也都說很好吃喔！謝謝您的款待。

おたがい、ちょうどよかったですね。
o.ta.ga.i、cho.o.do.yo.ka.t.ta.de.su.ne。

對彼此都剛剛好呢！

● ちょうど：恰好、正好

324

103.

我會想辦法試試看

何<ruby>なん</ruby>とかやってみます

nan to ka ya tte mi ma su

場合

當對方提出無理的要求，
但又不能拒絕時。

對象

客戶、朋友、長輩。

換個説法

也可以說「難<ruby>むずか</ruby>しいと思<ruby>おも</ruby>いますが、なんとかやって
みます。（雖然有點困難，但我會想辦法試試
看）」、「できるだけのことはしてみます。（我會
盡我所能試試看）」。

常用短句

- お願<ruby>ねが</ruby>いします。 麻煩您了。
- しょうがないなあ。 真是拿你沒辦法。

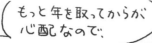

商討室內設計

もっと年を取ってからが、心配なので、段差をなくす工事もしてもらいたいんです。 mo.t.to.to.shi.o.to.t.te.ka.ra.ga、shi.n.pa.i.na.no.de、da.n.sa.o.na.ku.su.ko.o.ji.mo.shi.te.mo.ra.i.ta.i.n.de.su。		擔心之後年紀更大了會危險，想請您做除去階梯的工程。
バリアフリー化ですね。そうすると、リフォームのお見積もりはこうなります。 ba.ri.a.fu.ri.i.ka.de.su.ne。so.o.su.ru.to、ri.fo.o.mu.no.o.mi.tsu.mo.ri.wa.ko.o.na.ri.ma.su。		您說的是無障礙化對吧！這樣的話，改建的報價會變成這樣。
う〜ん、そこを何とか最初の予算内でお願いしますよ。 u〜n、so.ko.o.na.n.to.ka.sa.i.sho.no.yo.sa.n.na.i.de.o.ne.ga.i.shi.ma.su.yo。		嗯，能不能請您控制在原先的預算之內呢？
ちょっときついですが、何とかやってみます。 cho.t.to.ki.tsu.i.de.su.ga、na.n.to.ka.ya.t.te.mi.ma.su。		雖然有點困難，我會想辦法試試看。

♫ 206

ねえ、七海ちゃんの隣の席の加納くんって、好きな子いるのかなあ？

ne.e、na.na.mi.cha.n.no.to.na.ri.no.se.ki.no.ka.no.o.ku.n.tte、su.ki.na.ko.i.ru.no.ka.na.a?

我說，坐在七海隔壁的加納（君），有喜歡的人嗎？

え〜、わかんないよ。自分で聞いてみれば？

e〜、wa.ka.n.na.i.yo。ji.bu.n.de.ki.i.te.mi.re.ba?

● 「わかんないよ」＝「わかりませんよ」

嗯〜不知道耶！要不然妳自己去問問看？

恥ずかしくて聞けないよ。一生のお願い！
何気なく聞き出してみて。

ha.zu.ka.shi.ku.te.ki.ke.na.i.yo.i.s.sho.o.no.o.ne.ga.i!
na.ni.ge.na.ku.ki.ki.da.shi.te.mi.te。

那多難為情啊！我不敢問啦〜這是我一生唯一的請求！妳幫我隨口問問看。

しょうがないなあ。何とかやってみるけど。

う〜ん、どうしたらいいかな…。

sho.o.ga.na.i.na.a。na.n.to.ka.ya.t.te.mi.ru.ke.do。
u~n、do.o.shi.ta.ra.i.i.ka.na…。

真是拿妳沒辦法。我會想辦法試試看。嗯〜該怎麼辦才好呢？

104

心情舒坦多了

気持ちが晴れました

ki mo chi ga ha re ma shi ta

場合

表達自己的心情時。

對象

朋友、同事。

換個説法

也可以説「すっきりした。（舒暢多了）」、
「さっぱりした。（痛快多了）」。
表達之前的煩惱或是不愉快的心情消失了。

常用短句

● 気にしないで。　別在意。別放在心上。

● ありがとう。　謝謝。

心情

高橋さん、この前きつい事を言って、ごめんね。
ta.ka.ha.shi.sa.n、ko.no.ma.e.ki.tsu.i.ko.to.o.i.t.te、go.me.n.ne。

高橋，之前對妳說了過份的話，對不起。

ああ、あの時の事？あれは 私 にも悪い所があったと思うよ。
a.a、a.no.to.ki.no.ko.to？a.re.wa.wa.ta.shi.ni.mo.wa.ru.i.to.ko.ro.ga.a.t.ta.to.o.mo.u.yo。

啊！妳是說那個時候的事？那件事我也有不對的地方。

なかなか素直に 謝 れなかったんだ。
na.ka.na.ka.su.na.o.ni.a.ya.ma.re.na.ka.t.ta.n.da。

一直沒辦法率直地和妳道歉。

もういいよ!気にしないで。
mo.o.i.i.yo!ki.ni.shi.na.i.de。

好了！別在意了。

これで気持ちが晴れました！
ko.re.de.ki.mo.chi.ga.ha.re.ma.shi.ta!

這樣一來，心情舒坦多了！

和朋友訴苦

♪ 208

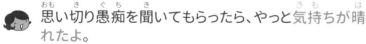

思い切り愚痴を聞いてもらったら、やっと気持ちが晴れたよ。

o.mo.i.ki.ri.gu.chi.o.ki.i.te.mo.ra.t.ta.ra、ya.t.to.ki.mo.chi.ga.ha.re.ta.yo。

● 愚痴：牢騷、怨言

有人能聽我盡情地發牢騷，心情舒坦多了！

私でよかったら、いつでも聞き役になるよ。

wa.ta.shi.de.yo.ka.t.ta.ra、i.tsu.de.mo.ki.ki.ya.ku.ni.na.ru.yo。

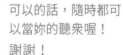
ありがとう！

a.ri.ga.to.o!

可以的話，隨時都可以當妳的聽眾喔！
謝謝！

これからカラオケで歌いまくって、さらにスッキリしようかな。

ko.re.ka.ra.ka.ra.o.ke.de.u.ta.i.ma.ku.t.te、sa.ra.ni.su.k.ki.ri.shi.yo.o.ka.na。

● まくる：（接動詞連用形後）持續、不斷

接下來再去卡拉ＯＫ唱歌，讓心情變得更好吧！

あなたの歌の聞き役だけは、勘弁して！

a.na.ta.no.u.ta.no.ki.ki.ya.ku.da.ke.wa、ka.n.be.n.shi.te!

● 役：角色、職務

我一點也不想當聽妳唱歌的聽眾，饒了我吧！

105.

心情變差
気分が悪くなる
ki bun ga waru ku na ru

場合

表達生氣、不滿時。

對象

朋友、同事。

POINT!

常會造成混淆的「気持ちが悪い。(不舒服、噁心)」，則大多用在下列 2 種情況下，可別用錯了喔！
→感冒或想吐…等身體狀況不佳時。
→看到變態的男人、噁心的蟑螂…等。

常用短句

● わかるわかる！
  我懂我懂！(贊同對方的意見，抱有同感時)
● そうともいえます。
  也可以這麼說。

♫ 209

 大学の事務局に行くと、いつも気分が悪くなる。
da.i.ga.ku.no.ji.mu.kyo.ku.ni.i.ku.to、i.tsu.mo.ki.bu.n.ga.wa.ru.ku.na.ru。

只要一去大學的辦事處，心情就會變差。

 待たされるから?
ma.ta.sa.re.ru.ka.ra?

因為要等？

 それもあるけど。何と言っても、
窓口の応対がとにかく感じが悪くて。
so.re.mo.a.ru.ke.do。na.n.to.i.t.te.mo、
ma.do.gu.chi.no.o.o.ta.i.ga.to.ni.ka.ku.ka.n.ji.ga.wa.ru.ku.te。

那也是原因之一，不過重點是窗口的接待態度讓人感覺很差。

 わかるわかる!とくに赤縁眼鏡のおばさんには
ムカつくよなあ。
wa.ka.ru.wa.ka.ru!to.ku.ni.a.ka.bu.chi.me.ga.ne.no.o.ba.sa.n.ni.
wa.mu.ka.tsu.ku.yo.na.a。

我懂我懂！尤其是那個紅框眼鏡的大嬸很令人火大。

● 応対：應對、接待

男朋友腳踏兩條船

🎵 210

 2人のうちどちらか1人を選ぶなんて、
ぼくにはできません。
fu.ta.ri.no.u.chi.do.chi.ra.ka.hi.to.ri.o.e.ra.bu.na.n.te、
bo.ku.ni.wa.de.ki.ma.se.n。

要我在妳們2個人之中選1個，我做不到。

 それはつまり、2人ともキープしておこうって事？
so.re.wa.tsu.ma.ri、fu.ta.ri.to.mo.ki.i.pu.shi.te.o.ko.o.t.te.ko.to?

● キープ(keep)：維持、保持

那也就是說，我們2個人你都不想放棄？

 そうともいえますね。
so.o.to.mo.i.e.ma.su.ne。

也可以這麼說。

 気分が悪くなった！帰らせてもらいます！
ki.bu.n.ga.wa.ru.ku.na.t.ta！ka.e.ra.se.te.mo.ra.i.ma.su！

心情變差了！我要回去了！

333

106.

真是丟臉
情けない
なさ
nasa ke na i

場合

對自己或他人感到失望時。

對象

朋友…等。

POINT!

對自己的無能爲力感到挫敗、或是當自己無法達到周遭的人的期望而感到無奈時。
也可用於當對方的行爲讓你覺得很不像樣、可恥時。

常用短句

● ほめてるわけじゃないのよ！　我並沒有在誇獎你！

● もったいないよ。　很浪費喔！很可惜喔！

兒子成績不理想

♫ 211

 何なの、この成績は！お母さんは本当に情けない。
na.n.na.no、ko.no.se.i.se.ki.wa！o.ka.a.sa.n.wa.ho.n.to.o.ni.na.sa.ke.na.i。

這是什麼，這種成績！我這個做媽媽的真是丟臉。

 でも「大器晩成」って言うじゃない。
de.mo「ta.i.ki.ba.n.se.i」t.te.i.u.ja.na.i。

不是有句話說「大器晚成」嗎？

 そういうことわざだけは、よく勉強しているじゃない。
so.o.i.u.ko.to.wa.za.da.ke.wa、yo.ku.be.n.kyo.o.shi.te.i.ru.ja.na.i。

這種諺語，你倒是學得很好嘛！

 いや〜、それほどでも。
i.ya〜、so.re.ho.do.de.mo。

沒有啦〜也沒有妳說的那麼好。

 ほめてるわけじゃないのよ！
ho.me.te.ru.wa.ke.ja.na.i.no.yo！

我並沒有在誇獎你！

● 「わけじゃない」＝「わけではない」，並不是、並非

335

情人節

 バレンタインデーにこうして女同士でお鍋なんて、情けない話だよね。
ba.re.n.ta.i.n.de.e.ni.ko.o.shi.te.o.n.na.do.o.shi.de.o.na.be.na.n.te、
na.sa.ke.na.i.ha.na.shi.da.yo.ne。

在情人節像這樣和女生朋友一起吃火鍋，眞是一件丟臉的事啊！

 そう？いいじゃない、気楽でおいしくて。
so.o?i.i.ja.na.i、ki.ra.ku.de.o.i.shi.ku.te。

會嗎？我覺得沒什麼不好，既輕鬆又好吃。

そういう前向きな考え方ができて、尊敬するなあ。
so.o.i.u.ma.e.mu.ki.na.ka.n.ga.e.ka.ta.ga.de.ki.te、so.n.ke.i.su.ru.na.a。

● 前向き：積極的態度、向前看

妳能有這麼積極樂觀的想法，眞是令人佩服。

 だって暗い考え方してたら、
せっかくのお鍋がまずくなって、もったいないよ。
da.t.te.ku.ra.i.ka.n.ga.e.ka.ta.shi.te.ta.ra、
se.k.ka.ku.no.o.na.be.ga.ma.zu.ku.na.t.te、mo.t.ta.i.na.i.yo。

因爲消極的想法，會讓難得的火鍋變得難吃，很浪費啊！

107

心情

真是傷腦筋

困<ruby>こま</ruby>ったよ
koma tta yo

場合

感到困擾、傷腦筋時。

對象

同事、朋友。

POINT!

一般常用於當自己被捲入麻煩的事件或搞不清楚狀況時。

常用短句

- 大変<ruby>たいへん</ruby>だったね。 那真是糟糕啊！
- 何<ruby>なに</ruby>があったの？ 發生了什麼事嗎？

飛機停飛

♫213

 実家からこちらへ戻る時に、トラブルがあったんだ。

ji.k.ka.ka.ra.ko.chi.ra.e.mo.do.ru.to.ki.ni、to.ra.bu.ru.ga.a.t.ta.n.da。

我要從老家回來這裡的時候，遇到了一點麻煩。

 へー、どんな？

he.e.do.n.na?

咦～發生了什麼事？

 乗る予定の飛行機が、大雪のために飛べなくなって。
ほとほと困ったよ。

no.ru.yo.te.i.no.hi.ko.o.ki.ga、o.o.yu.ki.no.ta.me.ni.to.be.na.ku.na.
t.te。ho.to.ho.to.ko.ma.t.ta.yo。

原本預定要搭乘的飛機，因為大雪所以無法起飛。真是傷腦筋。

 大変だったね。で、どれくらい待ったの？

ta.i.he.n.da.t.ta.ne。de、do.re.ku.ra.i.ma.t.ta.no?

那真是糟糕啊！
那妳大概等了多久呢？

 結局その日は全便欠航になって、
また実家に引き返すことになったんだ。

ke.k.kyo.ku.so.no.hi.wa.ze.n.bi.n.ke.k.ko.o.ni.na.t.te、
ma.ta.ji.k.ka.ni.hi.ki.ka.e.su.ko.to.ni.na.t.ta.n.da。

結果那天的班機全都停飛，只好又回到老家。

♫ 214

今日（きょう）のお客（きゃく）さんには困（こま）ったよ。
kyo.o.no.o.kya.ku.sa.n.ni.wa.ko.ma.t.ta.yo.

今天的客人，真是讓人傷腦筋。

何（なに）があったの？
na.ni.ga.a.t.ta.no?

發生了什麼事嗎？

話（はな）し合（あ）いの末（すえ）、やっと完成（かんせい）した家（いえ）の設計（せっけい）を、
全然違（ぜんぜんちが）う物（もの）に変（か）えたいと言（い）い出（だ）して。
ha.na.shi.a.i.no.su.e、ya.t.to.ka.n.se.i.shi.ta.i.e.no.se.k.ke.i.o、
ze.n.ze.n.chi.ga.u.mo.no.ni.ka.e.ta.i.to.i.i.da.shi.te.

談到最後終於完成的設計圖，卻說想要換成完全不一樣的。

いろいろなお客（きゃく）さんがいるものね～。
i.ro.i.ro.na.o.kya.ku.sa.n.ga.i.ru.mo.no.ne～。

真的是什麼樣的客人都有呢！

● いろいろ：種種、各式各樣

339

108

就算後悔也已經太遲了

後悔しても遅い
こうかい　　　　　おそ
koo kai shi te mo oso i

場合

勸告或輕微責備對方時。

對象

朋友、晚輩。

POINT!

通常用於長輩教訓晚輩。

常用短句

- 後悔したの？　你後悔了嗎？
　こうかい
- 言わないで！　請不要說！
　い

♫215

年を取ってから後悔しても遅い。
大学に入ったら、しっかり勉学に励むんだよ。
to.shi.o.to.t.te.ka.ra.ko.o.ka.i.shi.te.mo.o.so.i.
da.i.ga.ku.ni.ha.i.t.ta.ra、shi.k.ka.ri.be.n.ga.ku.ni.ha.ge.mu.n.da.yo。

等你老了之後就算後悔也已經太遲了。上了大學之後，要好好地努力唸書喔！

もちろん!ところでおじいちゃんは後悔したの?
mo.chi.ro.n!to.ko.ro.de.o.ji.i.cha.n.wa.ko.o.ka.i.shi.ta.no?

當然！話說回來，爺爺你後悔了嗎？

わしらの若い頃は、食べていくのが精一杯で、
大学で勉強どころじゃなかったよ。
wa.shi.ra.no.wa.ka.i.ko.ro.wa、ta.be.te.i.ku.no.ga.se.i.i.p.pa.i.de、
da.i.ga.ku.de.be.n.kyo.o.do.ko.ro.ja.na.ka.t.ta.yo。

我們年輕的時候，光是填飽肚子就很困難了，更別說是上大學唸書了。

おじいちゃんの分まで勉強しなくちゃね。
o.ji.i.cha.n.no.bu.n.ma.de.be.n.kyo.o.shi.na.ku.cha.ne。

那我一定要連同爺爺的份努力唸書才行。

● 「〜しなくちゃ」＝「〜しなくてはいけません」 不〜不行、一定要〜

341

♫ 216

 加納君、急に転校していっちゃったね。
ka.no.o.ku.n、kyu.u.ni.te.n.ko.o.shi.te.i.c.cha.t.ta.ne。

加納（君），突然轉學了呢！

 勇気を出して告白すればよかった。
今頃後悔しても遅いけど。
yu.u.ki.o.da.shi.te.ko.ku.ha.ku.su.re.ba.yo.ka.t.ta。
i.ma.go.ro.ko.o.ka.i.shi.te.mo.o.so.i.ke.do。

如果我當初有鼓起勇氣跟他告白的話就好了。現在就算後悔也已經太遲了。

 結局加納君には好きな子いたのかなあ。
ke.k.kyo.ku.ka.no.o.ku.n.ni.wa.su.ki.na.ko.i.ta.no.ka.na.a。

結果不知道加納（君）到底有沒有喜歡的人。

 せつなくなるから、もうその名前を言わないで！
se.tsu.na.ku.na.ru.ka.ra、mo.o.so.no.na.ma.e.o.i.wa.na.i.de！

不要再提到那個名字了，我會很難過！

● せつない：（因悲傷等）難受、苦悶

109.

不滿意
不満です
fu man de su

場合

對某事感到不滿意時。

對象

○平輩、晚輩
×長輩

POINT!

通常用於當對方的言行舉止不符合自己的要求或期望時。
對長輩則說「残念です。（眞是可惜）」。

常用短句

● 最近残業が多いよね。
最近很常加班呢！

● もう不満が爆発しそう！
不滿的情緒已經快要爆發了！

 キッチンのデザインは、

こういうイメージでいかがでしょう？

ki.c.chi.n.no.de.za.i.n.wa、ko.o.i.u.i.me.e.ji.de.i.ka.ga.de.sho.o?

● デザイン（design）：設計

您覺得廚房的設計，像這種感覺的如何呢？

 う～ん、少し不満です。

u～n、su.ko.shi.fu.ma.n.de.su。

嗯～，有點不是很滿意。

 どういったところがご不満ですか？

do.o.i.t.ta.to.ko.ro.ga.go.fu.ma.n.de.su.ka?

哪裡讓您覺得不滿意呢？

 私は背が低いから、高い戸棚が使いにくそうです。

wa.ta.shi.wa.se.ga.hi.ku.i.ka.ra、ta.ka.i.to.da.na.ga.tsu.ka.i.ni.ku.so.o.de.su。

● ～にくい：很難～

因為我的身高不高，高的櫥櫃感覺使用起來不是很方便。

在公司加班

🎵 218

最近残業が多いよね。
さいきんざんぎょう おお
sa.i.ki.n.za.n.gyo.o.ga.o.o.i.yo.ne。

最近很常加班呢！

そのことは私も不満に思っているの。
わたし ふまん おも
so.no.ko.to.wa.wa.ta.shi.mo.fu.ma.n.ni.o.mo.t.te.i.ru.no。

對那件事，我也感到很不滿！

仕事の後に遊べないし、家でゆっくり疲れも取れないし。
しごと あと あそ うち つか と
shi.go.to.no.a.to.ni.a.so.be.na.i.shi、u.chi.de.yu.k.ku.ri.tsu.ka.re.mo.to.re.na.i.shi。

下班之後沒辦法去玩，在家也無法好好地消除疲勞。

● 遊べる：「遊ぶ」的可能形

しかも残業代が出ないなんて、もう不満が爆発しそう！
ざんぎょうだい で ふまん ばくはつ
shi.ka.mo.za.n.gyo.o.da.i.ga.de.na.i.na.n.te、mo.o.fu.ma.n.ga.ba.ku.ha.tsu.shi.so.o！

而且又不給加班費，不滿的情緒已經快要爆發了！

● しかも：而且、並且

110.

總覺得少了點什麼・美中不足

物足りない
mono ta ri na i

場合

表達無法滿足的心情。

對象

認識的人、朋友…等。

POINT!

覺得好像少了什麼似的，表達不過癮或無法滿足的心情。

常用短句

● いただきます。 我開動了。

● どうして？ 為什麼？

在拉麵店

♫ 219

いただきます。 i.ta.da.ki.ma.su。	我開動了。
何か物足りない。 na.ni.ka.mo.no.ta.ri.na.i。	總覺得少了點什麼。
コショウを少々入れてみよう。 ko.sho.o.o.sho.o.sho.o.i.re.te.mi.yo.o。	加一點胡椒進去試試看好了。
うそ！？コショウが全部入ってしまった！ u.so!?ko.sho.o.ga.ze.n.bu.ha.i.t.te.shi.ma.t.ta!	不會吧！？居然全部都倒進去了！

♬ 220

鶯歌はいかがでしたか？
o.o.ka.wa.i.ka.ga.de.shi.ta.ka?

鶯歌好玩嗎？

陶器を見たり、絵付けをしたりしましたよ。
to.o.ki.o.mi.ta.ri、e.zu.ke.o.shi.ta.ri.shi.ma.shi.ta.yo。

看了瓷器也在瓷器上繪圖了喔！

でもちょっと物足りなかったな。
de.mo.cho.t.to.mo.no.ta.ri.na.ka.t.ta.na。

但是只有一點美中不足。

えっ、どうして？
e、do.o.shi.te?

咦？爲什麼？

ぜひ行きたかった陶瓷博物館が、
たまたま選挙で臨時休館だったんです。
ze.hi.i.ki.ta.ka.t.ta.to.o.shi.ha.ku.bu.tsu.ka.n.ga、
ta.ma.ta.ma.se.n.kyo.de.ri.n.ji.kyu.u.ka.n.da.t.ta.n.de.su。

無論如何都想去的陶瓷博物館，碰巧因爲選舉所以休館。

● たまたま：偶然、碰巧

感到不愉快
面白くない思いをした
omo shiro ku na i omo i o shi ta

場合

心情感到不愉快時。

對象

朋友、家人。

POINT!

心情感到不快或想表示不滿時。
比「不愉快です。」來得委婉。

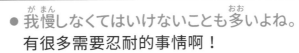

常用短句

● 我慢しなくてはいけないことも多いよね。
有很多需要忍耐的事情啊！

● 提案してみます！
提議看看！

帰りの電車の中で面白くない思いをしたよ。
ka.e.ri.no.de.n.sha.no.na.ka.de.o.mo.shi.ro.ku.na.i.o.mo.i.o.shi.ta.yo。

回程的電車上，發生了讓我感到不愉快的事。

足でも踏まれたの？
a.shi.de.mo.fu.ma.re.ta.no?

腳被踩了嗎？

● 踏まれる：「踏む」的被動形

自分と年が変わらないような人に、
席を譲られたんだ。
ji.bu.n.to.to.shi.ga.ka.wa.ra.na.i.yo.o.na.hi.to.ni、
se.ki.o.yu.zu.ra.re.ta.n.da。

一個看起來年紀和我差不多的人，讓了位子給我。

自分で思っているほどもう若くないってことよ。
素直に感謝しなくてはね。
ji.bu.n.de.o.mo.tte.i.ru.ho.do.mo.o.wa.ka.ku.na.i.tte.ko.to.yo。
su.na.o.ni.ka.n.sha.shi.na.ku.te.wa.ne。

那就表示你已經不像自己認為的那麼年輕了。要好好謝謝人家才行。

心情

♫222

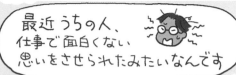

最近うちの人、仕事で面白くない思いをさせられたみたいなんです。

sa.i.ki.n.u.chi.no.hi.to、shi.go.to.de.o.mo.shi.ro.ku.na.i.o.mo.i.o.sa.se.ra.re.ta.mi.ta.i.na.n.de.su。

最近我家那口子，好像在工作上感到不愉快。

会社勤めしていると、我慢しなくてはいけない事も多いですよね。

ka.i.sha.zu.to.me.shi.te.i.ru.to、
ga.ma.n.shi.na.ku.te.wa.i.ke.na.i.ko.to.mo.o.o.i.de.su.yo.ne。

在公司工作，有很多需要忍耐的事情啊！

何かいいストレス発散法があればいいんですが。

na.ni.ka.i.i.su.to.re.su.ha.s.sa.n.ho.o.ga.a.re.ba.i.i.n.de.su.ga。

• ストレス (stress)：壓力

如果有什麼可以解除壓力的方法就好了。

ご夫婦で早朝ウォーキングもいいんじゃないですか？

go.fu.u.fu.de.so.o.cho.o.wo.o.ki.n.gu.mo.i.i.n.ja.na.i.de.su.ka?

夫妻倆人早上一起健行也不錯啊！

それ、提案してみます！

so.re、te.i.a.n.shi.te.mi.ma.su！

我跟我老公提議看看！

112.

真是遺憾
残念です
ざん　ねん
zan nen de su

場合

表達不甘心、懊悔…等
心情時。

對象

朋友、長輩。

POINT!

也可用於無法和對方達成共識或無法認可對方的
態度時。

常用短句

- うれしいなあ。
  好高興啊！
- わざわざご連絡ありがとうございました。
  れんらく
  謝謝您特地與我聯絡。

老師要調到其他學校

♪ 223

先生が他の高校に異動されるなんて、とても残念です。
se.n.se.i.ga.ho.ka.no.ko.o.ko.o.ni.i.do.o.sa.re.ru.na.n.te、to.te.mo.za.n.ne.n.de.su。

老師要調到其他的高中，真是遺憾。

先生も君たちと別れるのは淋しいけど、
しかたないね…。
se.n.se.i.mo.ki.mi.ta.chi.to.wa.ka.re.ru.no.wa.sa.mi.shi.i.ke.do、
shi.ka.ta.na.i.ne…。

老師要跟你們大家分離，也感到很寂寞，不過這也是沒辦法的事…。

そこで、みんなで先生のお別れ会を開こうと言ってるんですが。
so.ko.de、mi.n.na.de.se.n.se.i.no.o.wa.ka.re.ka.i.o.hi.ra.ko.o.to.i.t.te.ru.n.de.su.ga。

於是，大家說想幫老師開個送別會。

● そこで：於是、那麼

うれしいなあ。先生になってよかったよ。
u.re.shi.i.na.a。se.n.se.i.ni.na.t.te.yo.ka.t.ta.yo。

好高興啊！能當老師真是太好了。

♫ 224

きっと面接の結果連絡だ！
ki.t.to.me.n.se.tsu.no.ke.k.ka.re.n.ra.ku.da！

一定是通知面試結果的電話！

残念ですが、
今回はご縁がなかったということで…。
za.n.ne.n.de.su.ga、
ko.n.ka.i.wa.go.e.n.ga.na.ka.t.ta.to.i.u.ko.to.de…。

眞是遺憾，這次沒有緣份…。

わかりました。
わざわざご連絡ありがとうございました。
wa.ka.ri.ma.shi.ta。
wa.za.wa.za.go.re.n.ra.ku.a.ri.ga.to.o.go.za.i.ma.shi.ta。

我知道了。謝謝您特地與我聯絡。

めげずに就職活動がんばるぞ！
me.ge.zu.ni.shu.u.sho.ku.ka.tsu.do.o.ga.n.ba.ru.zo！

不可以垂頭喪氣，要好好加油找工作囉！

● めげる：退縮、頹喪 | ● ぞ：（男性較常用，表示決心、判斷時）

354

113.

真是遺憾
お気(き)の毒(どく)です
o ki no doku de su

場合

對對方的遭遇深表同情時。

對象

鄰居、朋友、親戚。

注意不能直接對當事人說
× 「かわいそうだ。(眞可憐)」
× 「不憫(ふびん)でならない。（眞是可憐）」
而要說「お気(き)の毒(どく)です。」，才不會讓對方感到
不愉快喔！

POINT!

常用短句

● わざわざありがとう。 謝謝你特地…。
● 本当(ほんとう)に？ 眞的嗎？

伯父身體不適

♫ 225

 おじさん、最近足を悪くされたそうですね。
お気の毒です。

o.ji.sa.n、sa.i.ki.n.a.shi.o.wa.ru.ku.sa.re.ta.so.o.de.su.ne。
o.ki.no.do.ku.de.su。

伯父，聽說您的腳最近不是很好，眞是遺憾。

 わざわざありがとう。ちょっと膝を痛めて、家でおとなしくしてるだけだから、あまり心配しないで。

wa.za.wa.za.a.ri.ga.to.o。cho.t.to.hi.za.o.i.ta.me.te、u.chi.de.o.to.na.shi.ku.shi.te.ru.da.ke.da.ka.ra、a.ma.ri.shi.n.pa.i.shi.na.i.de。

謝謝你特地過來。只不過是膝蓋有點痛，在家裡好好休養，別擔心。

 それにしても、一体どうしたんですか？

so.re.ni.shi.te.mo、i.t.ta.i.do.o.shi.ta.n.de.su.ka?

那到底是怎麼一回事呢？

 若返ろうと張り切りすぎて、急に激しい運動をしたせいなんだよ。

wa.ka.ga.e.ro.o.to.ha.ri.ki.ri.su.gi.te、kyu.u.ni.ni.ha.ge.shi.i.u.n.do.o.o.shi.ta.se.i.na.n.da.yo。

想要變年輕，太過心急了，突然做激烈的運動才會這樣。

356

● せい：緣故、由於…（導致）

在公司

♫ 226

 受験日の朝、泊まっていたホテルが火事になった受験生がいたんだって。

ju.ke.n.bi.no.a.sa、to.ma.t.te.i.ta.ho.te.ru.ga.ka.ji.ni.na.t.ta.ju.ke.n.se.i.ga.i.ta.n.da.t.te。

聽說考試當天早上，有考生住的旅館發生了火災。

 えーっ、本当に？それは気の毒だったね。

e.e、ho.n.to.o.ni?so.re.wa.ki.no.do.ku.da.t.ta.ne。

咦？真的嗎？好可憐喔！

 逃げようとして2階の部屋から飛び降りて骨折して、受験できなくなったとか。

ni.ge.yo.o.to.shi.te.ni.ka.i.no.he.ya.ka.ra.to.bi.o.ri.te.ko.s.se.tsu.shi.te、ju.ke.n.de.ki.na.ku.na.t.ta.to.ka。

想要逃跑所以從2樓的房間跳下來，因為骨折所以沒辦法參加考試。

 その人、その日はつくづくついてなかったんだね。

so.no.hi.to、so.no.hi.wa.tsu.ku.zu.ku.tsu.i.te.na.ka.t.ta.n.da.ne。

那個人那天還真是多災多難。

357

114.

發生了什麼事嗎？
何かあったの
nani ka a tta no

場合

注意到對方的樣子和
平常不同，表示關心時。

對象

○平輩、晚輩
×長輩

換個說法

也可以說
● 何か心配事でもあるの？有什麼煩惱嗎？
● どうかしたの？怎麼了？

常用短句

● 顔色が悪いよ。 你的臉色不太好看喔！
● もう平気なの？ 已經不要緊了嗎？

朋友臉色不佳

♫ 227

 顔色（かおいろ）が悪（わる）いけど、何（なに）かあったの？
たまには 私（わたし）が悩（なや）みを聞（き）くよ。
ka.o.i.ro.ga.wa.ru.i.ke.do、na.ni.ka.a.t.ta.no?
ta.ma.ni.wa.wa.ta.shi.ga.na.ya.mi.o.ki.ku.yo。

妳的臉色不太好看，發生了什麼事嗎？偶爾也換我聽聽妳的煩惱。

 ただの寝不足（ねぶそく）。テレビでホラードラマ見（み）てたの。
ta.da.no.ne.bu.so.ku。te.re.bi.de.ho.ra.a.do.ra.ma.mi.te.ta.no。

● ホラー（horror）：恐怖、驚悚

只是睡眠不足而已。看了電視上播的恐怖電視劇。

 寝不足（ねぶそく）は美容（びよう）の大敵（たいてき）なのよ！
ne.bu.so.ku.wa.bi.yo.o.no.ta.i.te.ki.na.no.yo。

睡眠不足是美容的大敵喔！

 ずっと続（つづ）けてると、恐（おそ）ろしい結果（けっか）を招（まね）く事（こと）になるんだから。
zu.t.to.tsu.zu.ke.te.ru.to、o.so.ro.shi.i.ke.k.ka.o.ma.ne.ku.ko.to.ni.na.ru.n.da.ka.ra。

一直持續這樣的話，不久就會招致可怕的結果。

 ホラーより怖（こわ）い！
ho.ra.a.yo.ri.ko.wa.i!

比恐怖片還要可怕！

♫ 228

 しばらく顔を見なかったけど、何かあったの？

shi.ba.ra.ku.ka.o.o.mi.na.ka.t.ta.ke.do、na.ni.ka.a.t.ta.no?

有一陣子沒碰到面，發生了什麼事嗎？

 母が倒れて、しばらく実家に帰っていたんだ。

ha.ha.ga.ta.o.re.te、shi.ba.ra.ku.ji.k.ka.ni.ka.e.t.te.i.ta.n.da。

● 倒れる：病倒

因爲母親病倒了，所以回老家一陣子。

 大変だったね。お母さん、もう平気なの？

ta.i.he.n.da.t.ta.ne。o.ka.a.sa.n、mo.o.he.i.ki.na.no?

眞是辛苦啊！您母親已經沒事了嗎？

 大分よくなったから、
もう大学に戻りなさいって言ってくれたの。

da.i.bu.yo.ku.na.t.ta.ka.ra、

mo.o.da.i.ga.ku.ni.mo.do.ri.na.sa.i.t.te.i.t.te.ku.re.ta.no。

● 大分：頗、很

已經好得差不多了，所以叫我回大學上課。

115

心情

這一點都不像～

〜らしくないね
ra shi ku na i ne

場 合

對方的表現和行爲與
平常不同時。

對 象

○平輩、晚輩
×長輩

POINT!

「らしくない」的前面通常會接對方的姓氏或名
字。

常用短句

● すみません。不好意思。
● 以後(いご)気(き)をつけます。往後我會注意的。
● 何(なに)も聞(き)いていませんが。沒有聽說。
● 心配(しんぱい)ですね…。眞是令人擔心啊…。

連絡もせずに休むなんて、
桜井さんらしくないね。何か事情知ってる？
re.n.ra.ku.mo.se.zu.ni.ya.su.mu.na.n.te、
sa.ku.ra.i.sa.n.ra.shi.ku.na.i.ne。na.ni.ka.ji.jo.o.shi.t.te.ru?

沒有任何聯絡就沒來，這一點都不像櫻井小姐。你知道些什麼原因嗎？

さあ？とくに何も聞いていませんが。
sa.a?to.ku.ni.na.ni.mo.ki.i.te.i.ma.se.n.ga。

不知道耶！沒有特別聽說。

鈴木君じゃあるまいし、
うっかり忘れているわけではないと思うけど。
su.zu.ki.ku.n.ja.a.ru.ma.i.shi、
u.k.ka.ri.wa.su.re.te.i.ru.wa.ke.de.wa.na.i.to.o.mo.u.ke.do。

又不是鈴木（君），我覺得應該不會忘記才對。

ぼくじゃあるまいしって、何ですか。でも心配ですね…。
bo.ku.ja.a.ru.ma.i.shi.t.te、na.n.de.su.ka。de.mo.shi.n.pa.i.de.su.ne…。

妳說又不是我？是什麼意思？不過還真是令人擔心啊…。

362

♫ 230

こんなにミスが続くなんて、
今日は森山君らしくないよ。
ko.n.na.ni.mi.su.ga.tsu.zu.ku.na.n.te、
kyo.o.wa.mo.ri.ya.ma.ku.n.ra.shi.ku.na.i.yo。

連續發生失誤，今天這樣一點都不像森山小姐喔！

● なんて：(表示感到意外的語氣)

すみません。集中力が欠けていました。
su.mi.ma.se.n。shu.u.chu.u.ryo.ku.ga.ka.ke.te.i.ma.shi.ta。

不好意思，是我缺乏注意力。

何かあったの?
na.ni.ka.a.t.ta.no?

發生了什麼事嗎？

いえ、何でもありません。以後気をつけます。
i.e、na.n.de.mo.a.ri.ma.se.n。i.go.ki.o.tsu.ke.ma.su。

不，什麼事也沒有。往後我會注意的。

(二日酔いとは言えない…。)
fu.tsu.ka.yo.i.to.wa.i.e.na.i…。

（總不能說是宿醉吧…。）

116

真是感動

胸がいっぱいになった
mune ga i ppa i ni na tta

場合

表達自己的情緒時。

對象

認識的人、朋友…等。

POINT!

快樂或悲傷時，都可說這句話。表達自己滿溢的感受與心情。依前後句子情況，也可以譯為「心情很激動」、「心酸」…等。

常用短句

● ありがとう。謝謝。
● お世話になりました。承蒙您的照顧了。

送別會上

♫ 231

心情

今日は集まってくれて、みんなありがとう！
本当に胸がいっぱいになったよ。
kyo.o.wa.a.tsu.ma.t.te.ku.re.te、mi.n.na.a.ri.ga.to.o！
ho.n.to.o.ni.mu.ne.ga.i.p.pa.i.ni.na.t.ta.yo。

今天謝謝大家爲了我齊聚一堂！眞是感動。

先生、私たちこそ３年間本当にお世話になりました！
se.n.se.i、wa.ta.shi.ta.chi.ko.so.sa.n.ne.n.ka.n.ho.n.to.o.ni.o.se.wa.ni.
na.ri.ma.shi.ta！

老師，我們這3年來才眞的是承蒙您的照顧了！

進学しても就職しても、それぞれにがんばっていくんだよ。
shi.n.ga.ku.shi.te.mo.shu.u.sho.ku.shi.te.mo、so.re.zo.re.ni.ga.n.ba.t.te.
i.ku.n.da.yo。

升學也好就業也好，各自都要好好努力喔！

● それぞれ：各個、分別

辛くなったら、いつでも先生の所に泣きに来なさい。
tsu.ra.ku.na.t.ta.ra、i.tsu.de.mo.se.n.se.i.no.to.ko.ro.ni.na.ki.ni.ki.na.sa.i。

感到難過的時候，隨時都可以來老師的身邊哭訴喔！

365

參加朋友的婚禮後

🎵 232

 この前親友の結婚式で胸がいっぱいになって、

うまくスピーチできなかったんです。

ko.no.ma.e.shi.n.yu.u.no.ke.k.ko.n.shi.ki.de.mu.ne.ga.i.p.pa.i.ni.na.t.te.
u.ma.ku.su.pi.i.chi.de.ki.na.ka.t.ta.n.de.su。

前陣子好朋友的結婚典禮，心情太過激動，沒有辦法好好地演講。

 よほど仲良しだったんですね。

yo.ho.do.na.ka.yo.shi.da.t.ta.n.de.su.ne。

● よほど：很、頗、十分

感情真的很好呢！

 はい。でもそれだけじゃないんです。

ha.i.i.de.mo.so.re.da.ke.ja.na.i.n.de.su。

是呀！不過不只如此。

 また1人、貴重な独身仲間が抜けていくのが淋しくて～。

ma.ta.hi.to.ri、ki.cho.o.na.do.ku.shi.n.na.ka.ma.ga.nu.ke.te.i.ku.no.ga.
sa.mi.shi.ku.te～。

● 抜ける：退出、脫離

又少了一個單身的夥伴，覺得好寂寞～。

117

心情

感到很煩惱
思い悩んでいます
omo i nayan de i ma su

場合

不知該如何是好時。

對象

認識的人、朋友…等。

POINT!

舉棋不定的狀態下，感到十分煩惱時。

常用短句

● なるほど。原來如此。

● どうでしょう？ 怎麼樣？如何？ （詢問對方意見）

● おめでとう！恭喜。

🎵 233

この辺で会社から独立するかどうか、
思い悩んでいます。
ko.no.he.n.de.ka.i.sha.ka.ra.do.ku.ri.tsu.su.ru.ka.do.o.ka、
o.mo.i.na.ya.n.de.i.ma.su。

最近我爲了是否要離職創業
而感到很煩惱。

なるほど。では手相を拝見しましょう。
na.ru.ho.do。de.wa.te.so.o.o.ha.i.ke.n.shi.ma.sho.o。

原來如此，那麼請讓我看一
下您的手相。

どうでしょう?会社に留まるべきでしょうか?
do.o.de.sho.o?ka.i.sha.ni.to.do.ma.ru.be.ki.de.sho.o.ka?

● 留まる：停留、留下

怎麼樣呢？應該留在公司比
較好嗎？

今はまだ早いですね。
2年後にいい転機が巡ってきます。
i.ma.wa.ma.da.ha.ya.i.de.su.ne。
ni.ne.n.go.ni.i.i.te.n.ki.ga.me.gu.t.te.ki.ma.su。

現在還太早了。再過2年才
會有好的轉機。

跟教授間的談話

♫ 234

おかげさまで2社から内定が取れました。
o.ka.ge.sa.ma.de.ni.sha.ka.ra.na.i.te.i.ga.to.re.ma.shi.ta。

託您的福，我被2間公司錄取了。

おめでとう!これでやっと安心できるね。
o.me.de.to.o!ko.re.de.ya.t.to.a.n.shi.n.de.ki.ru.ne。

恭喜！這樣一來終於可以放心了。

● やっと：好不容易

でも大企業のA社にするか、面白い仕事ができそうなB社にするか、思い悩んでいます。
de.mo.da.i.ki.gyo.o.no.A.sha.ni.su.ru.ka、o.mo.shi.ro.i.shi.go.to.ga.de.ki.so.o.na.B.sha.ni.su.ru.ka、o.mo.i.na.ya.n.de.i.ma.su。

不過是大公司的A公司好，還是比較有趣的B公司好，眞是煩惱。

なかなか難しい選択だね。
na.ka.na.ka.mu.zu.ka.shi.i.se.n.ta.ku.da.ne。

很難抉擇呢！

369

118

傷透腦筋
あたま　　なや
頭 を 悩ませています
atama o naya ma se te i ma su

場合

有煩惱時。

對象

朋友、家人…等。

POINT!

絞盡腦汁去想某件事的解決方法，但仍未想出該如何處理時。

常用短句

- うきうきしています。　雀躍不已。興致勃勃。
- よくわからない。（＝よくわかりません）
　（我）不太清楚。

♫ 235

うちの娘の習い事が長続きしなくて、
頭を悩ませています。
u.chi.no.mu.su.me.no.na.ra.i.go.to.ga.na.ga.tsu.zu.ki.shi.na.ku.te、
a.ta.ma.o.na.ya.ma.se.te.i.ma.su。

我家的女兒學才藝總是持續不久，真是傷透腦筋。

どんな習い事をさせていらっしゃるんですか？
do.n.na.na.ra.i.go.to.o.sa.se.te.i.ra.s.sha.ru.n.de.su.ka?

您讓她學什麼才藝呢？

ピアノにバイオリン、英会話にそろばん、
書道でしょ、それからバレエと日本舞踊と…。
pi.a.no.ni.ba.i.o.ri.n、e.i.ka.i.wa.ni.so.ro.ba.n、
sho.do.o.de.sho、so.re.ka.ra.ba.re.e.to.ni.ho.n.bu.yo.o.to…。

鋼琴、小提琴、英語會話、珠算、書法，還有芭蕾和日本舞蹈…。

娘さんが本当にやりたい習い事だけに絞ったらどうでしょう。
mu.su.me.sa.n.ga.ho.n.to.o.ni.ya.ri.ta.i.na.ra.i.go.to.da.ke.ni.shi.
bo.t.ta.ra.do.o.de.sho.o。

只學令千金真的想學的如何呢？

● 絞る：集中到（某一點）

371

 お母さんが旅行に何を着て行くか、まだ頭を悩ませてるよ。

o.ka.a.sa.n.ga.ryo.ko.o.ni.na.ni.o.ki.te.i.ku.ka、ma.da.a.ta.ma.o.na.ya.ma.se.te.ru.yo。

媽媽還在爲了要穿什麼去旅行傷腦筋喔！

 あきれたなあ。何着たって大して変わりも無いのに。

a.ki.re.ta.na.a。na.ni.ki.ta.t.te.ta.i.shi.te.ka.wa.ri.mo.na.i.no.ni。

● 大して：（下接否定）並不那麼…

眞是麻煩啊！穿什麼明明都差不多啊！

 お父さんとの旅行なんて久しぶりだから、うきうきしてるのよ。かわいいじゃない。

o.to.o.sa.n.to.no.ryo.ko.o.na.n.te.hi.sa.shi.bu.ri.da.ka.ra、u.ki.u.ki.shi.te.ru.no.yo。ka.wa.i.i.ja.na.i。

很久沒有和爸爸一起去旅行了，所以很雀躍啊！不覺得這樣很可愛嗎？

 そういうものかねえ。女心はいまだによくわからないよ。

so.o.i.u.mo.no.ka.ne.e。o.n.na.go.ko.ro.wa.i.ma.da.ni.yo.ku.wa.ka.ra.na.i.yo。

● いまだに：（多下接否定）至今還…、仍然…

是這樣子嗎？我到現在還是搞不懂女人的心。

意猶未盡・依依不捨

<ruby>心<rt>こころ</rt></ruby><ruby>残<rt>のこ</rt></ruby>りです

kokoro noko ri de su

場合

表達可惜、遺憾的心情時。

對象

認識的人、朋友…等。

POINT!

→某心願還未完成，雖然不想放棄卻不得不離開時。
→如果有做某事就好了，感到遺憾時。和
「<ruby>後<rt>うし</rt></ruby>ろ<ruby>髪<rt>がみ</rt></ruby>を<ruby>引<rt>ひ</rt></ruby>かれる<ruby>思<rt>おも</rt></ruby>いです。（捨不得離開）」的
意思相同。

常用短句

● <ruby>一緒<rt>いっしょ</rt></ruby>に<ruby>行<rt>い</rt></ruby>きましょう。　一起去吧！
● 〜を<ruby>忘<rt>わす</rt></ruby>れないでくださいね。　請不要忘記〜

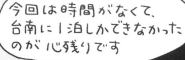

🎵 237

今回は時間がなくて、台南に1泊しかできなかったのが心残りです

じゃあまた来年、

もっとゆっくり来ればいいですよ

心残りといえば、鶯歌の陶瓷博物館も…

今度は絶対開いている日に、一緒に行きましょう

哇一

今回は時間がなくて、台南に1泊しかできなかったのが心残りです。
ko.n.ka.i.wa.ji.ka.n.ga.na.ku.te、ta.i.na.n.ni.i.p.pa.ku.shi.ka.de.ki.na.ka.t.ta.no.ga.ko.ko.ro.no.no.ri.de.su。

這次時間不夠,只能在台南過1個晚上,有點意猶未盡。

じゃあまた来年、もっとゆっくり来ればいいですよ。
ja.a.ma.ta.ra.i.ne.n、mo.t.to.yu.k.ku.ri.ku.re.ba.i.i.de.su.yo。

那麼明年,再待久一點就好了嘛!

心残りといえば、鶯歌の陶瓷博物館も…。
ko.ko.ro.no.ko.ri.to.i.e.ba、o.o.ka.no.to.o.shi.ha.ku.bu.tsu.ka.n.mo…。

說到可惜的,還有鶯歌的陶瓷博物館…。

今度は絶対開いている日に、一緒に行きましょう。
ko.n.do.wa.ze.t.ta.i.a.i.te.i.ru.hi.ni、i.s.sho.ni.i.ki.ma.sho.o。

下次絕對要在開館日一起去。

學習茶道的學生要回國

♫ 238

せっかくここまで
上達されたのに、
帰国されるのは
残念ですね

本当に

この教室を
途中でやめる
のだけが
心残りです

オーストラリアでも
お茶の心を
忘れないでくださいね

あちらにも
茶道教室が
あるらしいので、

またどこかに
入門するつもりです

せっかくここまで上達されたのに、
帰国されるのは残念ですね。
se.k.ka.ku.ko.ko.ma.de.jo.o.ta.tsu.sa.re.ta.no.ni、
ki.ko.ku.sa.re.ru.no.wa.za.n.ne.n.de.su.ne。

難得你進步了這麼多，卻要回國了眞是可惜。

本当に。この教室を途中でやめるのだけが心残りです。
ho.n.to.o.ni。ko.no.kyo.o.shi.tsu.o.to.chu.u.de.ya.me.ru.no.da.ke.ga.ko.
ko.ro.no.ko.ri.de.su。

眞的。要中途離開這個教室，眞是依依不捨。

オーストラリアでもお茶の心を忘れないでくださいね。
o.o.su.to.ra.ri.a.de.mo.o.cha.no.ko.ko.ro.o.wa.su.re.na.i.de.ku.da.sa.i.ne。

回到澳洲之後也別忘記茶道的精神喔！

あちらにも茶道教室があるらしいので、
またどこかに入門するつもりです。
a.chi.ra.ni.mo.sa.do.o.kyo.o.shi.tsu.ga.a.ru.ra.shi.i.no.de、
ma.ta.do.ko.ka.ni.nyu.u.mo.n.su.ru.tsu.mo.ri.de.su。

那裡好像也有茶道教室，我打算再向那邊的老師學習。

120

感到遺憾

心外です
しん　がい
shin gai de su

場合

對象

被對方誤解時。

認識的人、朋友…等。

POINT!

對方所說的話對自己有所誤解，或甚至帶有惡意時，表達「出乎意料之外、對方竟然這麼認為、眞是遺憾」的心情。

常用短句

● わかります。　我懂。我了解。
● 自信を持ってください。　請對自己有自信一點。
　じしん　　も

和朋友間的談話

♫ 239

旅行に行く度「随分暇なんだね」と言われるのは
心外です。
ryo.ko.o.ni.i.ku.ta.bi「zu.i.bu.n.hi.ma.na.n.da.ne」to.i.wa.re.ru.no.
wa.shi.n.ga.i.de.su。

毎次要去旅行就被說「眞是悠閒呢！」，眞是令人感到不愉快。

わかります。暇だから行くわけじゃないんですよね。
wa.ka.ri.ma.su。hi.ma.da.ka.ra.i.ku.wa.ke.ja.na.i.n.de.su.yo.ne。

我懂。又不是因爲很閒才去玩的。

そうそう。仕事をがんばって、
時間を作って行くんです。
so.o.so.o。shi.go.to.o.ga.n.ba.t.te、
ji.ka.n.o.tsu.ku.t.te.i.ku.n.de.su。

沒錯沒錯。我是努力地工作，才挪出時間去旅行的。

旅で気分転換した後は、
また仕事をがんばれるんですよね。
ta.bi.de.ki.bu.n.te.n.ka.n.shi.ta.a.to.wa、
ma.ta.shi.go.to.o.ga.n.ba.re.ru.n.de.su.yo.ne。

藉由旅行轉換心情之後，才可以繼續努力工作啊！

♫ 240

 川口さん、ぼく女性は顔じゃないと思います。
ka.wa.gu.chi.sa.n、bo.ku.jo.se.i.wa.ka.o.ja.na.i.to.o.mo.i.ma.su。

川口小姐，我認爲女生不是只有靠臉蛋而已。

 だからあなたも自信を持っていいんですよ。
da.ka.ra.a.na.ta.mo.ji.shi.n.o.mo.t.te.i.i.n.de.su.yo。

所以妳對自己要有自信一點喔！

 あなたにそんな事を言われるなんて、心外です。
a.na.ta.ni.so.n.na.ko.to.o.i.wa.re.ru.na.n.te、shi.n.ga.i.de.su。

被你這麼說，眞是令人感到不愉快。

 （他人の顔の事をつべこべ言える顔じゃないでしょ！）
ta.ni.n.no.ka.o.no.ko.to.o.tsu.be.ko.be.i.e.ru.ka.o.ja.na.i.de.sho！

（你長的不是可以批評別人長相的臉啊！）

● つべこべ：講歪理、強辯

378

121.

好吃・酒量很好

いける
i ke ru

場 合

表達自己的能力或
食物好吃時。

對 象

朋友、晚輩。

POINT!

「いける」一般常用的用法，有以下３種：

1.表示自己會做的事。

● テニスなら少しはいける。網球的話我會一點。

2.指有價值、很不錯的東西或指食物好吃。

● この映画のストーリーは面白くないけど挿入歌はすごく
いける。這部電影的故事情節雖然不怎麼有趣，可是裡
面的插曲相當好聽。

● このレストランのパスタはいけるけどケーキは全然だめ。
這間餐廳的義大利麵還算好吃，蛋糕就完全不行了。

3.「いける口」則是慣用說法，表示酒量很好。

好吃的章魚燒

♫ 241

 このたこ焼き、なかなかいける。
ko.no.ta.ko.ya.ki、na.ka.na.ka.i.ke.ru。

● なかなか：頗、很、非常

這個章魚燒，很好吃。

 この店、大阪では超人気の有名店なんだって。
ko.no.mi.se、o.o.sa.ka.de.wa.cho.o.ni.n.ki.no.yu.u.me.i.te.n.na.n.da.t.te。

聽說這間店是在大阪非常受歡迎的名店。

 道理で！さすが本場の味は違うね。
do.o.ri.de!sa.su.ga.ho.n.ba.no.a.ji.wa.chi.ga.u.ne。

● 道理：難怪、怪不得

難怪！不愧是道地的口味，果然不同。

 会社に近いから、時々来ようよ。
ka.i.sha.ni.chi.ka.i.ka.ra、to.ki.do.ki.ko.yo.o.yo。

離公司很近，以後我們偶爾來吃吧！

 うん、そうしよう！
u.n、so.o.shi.yo.o!

嗯！就這樣辦吧！

到女朋友家中拜訪

♫ 242

ところで山中君は結構いける口ですか？
to.ko.ro.de.ya.ma.na.ka.ku.n.wa.ke.k.ko.o.i.ke.ru.ku.chi.de.su.ka?

話說回來，山中（君）算是酒量很好的人？

飲めない方ではないですね。
no.me.na.i.ho.o.de.wa.na.i.de.su.ne。

● 飲める：「飲む」的可能形

不是不能喝酒的人。

じゃあ今度どうですか？
ja.a.ko.n.do.do.o.de.su.ka?

那下次一起喝一杯吧？

いいですね。
i.i.de.su.ne。

好啊！

うちでは女房がうるさいから、外でね。
u.chi.de.wa.nyo.o.bo.o.ga.u.ru.sa.i.ka.ra、so.to.de.ne。

在家的話，老婆會很囉嗦，去外面喝吧！

122

還算是不錯

まずまず
ma zu ma zu

場合 　　　　　對象

對結果還算滿意時。　　　　　認識的人、朋友…等。

POINT!

表示結果雖然不是百分之百完美，但整體表現在平均之上，合格範圍內。

常用短句

● それはちょうどいいですよ。這樣剛好啊！
● 困<ruby>こま</ruby>りますから。（這樣我會）很困擾的！
● 見<ruby>み</ruby>せてちょうだい。讓我看看。

去賞櫻

♫ 243

今日のお花見はまずまずのお天気になりましたね。
kyo.o.no.o.ha.na.mi.wa.ma.zu.ma.zu.no.o.te.n.ki.ni.na.ri.ma.shi.ta.ne。

今天來賞花，還算是不錯的天氣。

風もないし、肌寒くもないし。
ka.ze.mo.na.i.shi、ha.da.za.mu.ku.mo.na.i.shi。

既沒有風而且也不冷。

太陽は雲に隠れているけど。
ta.i.yo.o.wa.ku.mo.ni.ka.ku.re.te.i.ru.ke.do。

雖然太陽被雲遮住了。

それはちょうどいいですよ。
so.re.wa.cho.o.do.i.i.de.su.yo。

這樣剛好啊！

紫外線でシミとシワが増えるのは困りますから！
shi.ga.i.se.n.de.shi.mi.to.shi.wa.ga.fu.e.ru.no.wa.ko.ma.ri.ma.su.ka.ra！

紫外線會造成黑斑和皺紋增加，很困擾的！

こんかい　しけん　けっか
今回の試験の結果はどうだったの？
ko.n.ka.i.no.shi.ke.n.no.ke.k.ka.wa.do.o.da.t.ta.no?

這次考試的結果如何？

でき
まずまずの出来だったよ。
ma.zu.ma.zu.no.de.ki.da.t.ta.yo。

結果還算是不錯。

せいせきひょう　み
成績表を見せてちょうだい。
se.i.se.ki.hyo.o.o.mi.se.te.cho.o.da.i。

讓我看看你的成績單。

　　　　　がっこう　　かえ　　と　ちゅう
それが、学校から帰る途中で、
はるかぜ
春風にさらわれてしまって…。
so.re.ga、ga.k.ko.o.ka.ra.ka.e.ru.to.chu.u.de、
ha.ru.ka.ze.ni.sa.ra.wa.re.te.shi.ma.t.te…。

那個…在我從學校回家的途
中被春風吹走了…。

● さらう：奪取、搶走，「さらわれる」是被動形

384

123.

還算可以

まあまあです
ma a ma a de su

場　合

結果不好也不壞時。

對　象

朋友、晚輩。

POINT!

結果算是馬馬虎虎、不好也不壞。
還可以，不是完美但勉強還能接受。

常用短句

● どうだった？（＝どうでしたか）　（你覺得）如何？
● ～と思うけど…。　雖然我覺得…

♪245

はじ
初めてにしてはまあまあですね。

ha.ji.me.te.ni.shi.te.wa.ma.a.ma.a.de.su.ne。

以第1次來說還算可以。

これからもっと練習して、上達したいです！
　　　　　　 れんしゅう　　　 じょうたつ

ko.re.ka.ra.mo.t.to.re.n.shu.u.shi.te、jo.o.ta.tsu.shi.ta.i.de.su!

我之後會再加強練習，想要快點進步。

うまくなると、
顔や手に墨がつかなくなりますよ。
かお　て　すみ

u.ma.ku.na.ru.to、

ka.o.ya.te.ni.su.mi.ga.tsu.ka.na.ku.na.ri.ma.su.yo。

變厲害的話，臉和手上就不會再沾到墨汁了喔！

● 付く：附著、沾著
つ

朋友幫忙介紹男生

♫ 246

この前紹介した彼、どうだった？
ko.no.ma.e.sho.o.ka.i.shi.ta.ka.re、do.o.da.t.ta?

前陣子我介紹給妳的那個男生，如何？

う〜ん、まあまあかな。
u〜n、ma.a.ma.a.ka.na.

嗯，還算可以。

いい人はいい人だと思うけど…。
i.i.hi.to.wa.i.i.hi.to.da.to.o.mo.u.ke.do…。

雖說是個不錯的人。

あれ、いまいち気が合わなかった？
a.re、i.ma.i.chi.ki.ga.a.wa.na.ka.t.ta?

咦？是感覺有點不合適嗎？

● いまいち：(＝いまひとつ) 差一點

彼、コーヒーを飲む時、ものすごい音を立ててたのよ。
ka.re、ko.o.hi.i.o.no.mu.to.ki、mo.no.su.go.i.o.to.o.ta.te.te.ta.no.yo.

他喝咖啡的時候，會發出很大的聲音。

● ものすごい：驚人的、厲害的

124.

馬馬虎虎
そこそこ
so ko so ko

場合

對某事的結果勉勉強強
滿意時。

對象

朋友、晚輩。

POINT!

程度比「まあまあ」差，其表現或能力等，很難
令人說出「滿意」時。
→「彼の英語はそこそこなので、この仕事は無理
です。（他的英文程度馬馬虎虎而已，沒有辦法
勝任這份工作）」。

常用短句

- もう行きましたか？ 已經去過了嗎？
- 全然聞き取れませんでした。完全聽不懂。

購物中心新開幕

♫ 247

赤坂に新しくオープンした商業施設には、もう行きましたか？

「赤坂サカス」の事ですね

雑誌の取材で行きましたよ

どんな感じの所ですか？

そこそこ楽めそうですか？

最初は人が多くて、ちょっと大変だったけど

まあいいんじゃないですか

嗯…フーン…

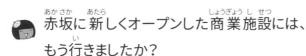

赤坂に新しくオープンした商業施設には、もう行きましたか？
a.ka.sa.ka.ni.a.ta.ra.shi.ku.o.o.pu.n.shi.ta.sho.o.gyo.o.shi.se.tsu.ni.wa、mo.o.i.ki.ma.shi.ta.ka？

在赤坂有一棟複合式購物中心新開幕，妳已經去過了嗎？

「赤坂サカス」の事ですね。雑誌の取材で行きましたよ。
「a.ka.sa.ka.sa.ka.su」no.ko.to.de.su.ne。za.s.shi.no.shu.za.i.de.i.ki.ma.shi.ta.yo。

妳是說「赤坂sacas」吧！因為雜誌採訪去過了喔！

どんな感じの所ですか？そこそこ楽しめそうですか？
do.n.na.ka.n.ji.no.to.ko.ro.de.su.ka？so.ko.so.ko.ta.no.shi.me.so.o.de.su.ka？

感覺是個怎麼樣的地方呢？馬馬虎虎還不錯玩？

まあいいんじゃないですか。最初は人が多くて、ちょっと大変だったけど。
ma.a.i.i.n.ja.na.i.de.su.ka。sa.i.sho.wa.hi.to.ga.o.o.ku.te、cho.t.to.ta.i.he.n.da.t.ta.ke.do。

還不錯啊！雖然因為剛開幕人很多，有點擁擠。

♪248

蔡さんは日本語がペラペラだから、

若い人の言葉はそこそこわかりましたが…

東北ではちょっと苦労しました

日本一周のハネムーンでも不自由はなかったでしょう？

眞是被打敗了！もうお手上げ

お年寄りの訛りは全然聞き取れませんでした

それは東北出身でない日本人でも同じですよ

 蔡さんは日本語がペラペラだから、日本一周のハネムーンでも不自由はなかったでしょう？

sa.i.sa.n.wa.ni.ho.n.go.ga.pe.ra.pe.ra.da.ka.ra、ni.ho.n.i.s.shu.u.no.ha.ne.mu.u.n.de.mo.fu.ji.yu.u.wa.na.ka.t.ta.de.sho.o?

蔡小姐的日文講得很流暢，去日本蜜月旅行1個星期應該沒有什麼問題吧？

 東北ではちょっと苦労しました。若い人の言葉はそこそこわかりましたが…。

to.o.ho.ku.de.wa.cho.t.to.ku.ro.o.shi.ma.shi.ta。wa.ka.i.hi.to.no.ko.to.ba.wa.so.ko.so.ko.wa.ka.ri.ma.shi.ta.ga…。

東北地方的話有點吃力，年輕人說的話還馬馬虎虎聽得懂。

 お年寄りの訛りは全然聞き取れませんでした。

o.to.shi.yo.ri.no.na.ma.ri.wa.ze.n.ze.n.ki.ki.to.re.ma.se.n.de.shi.ta。

● 訛り：鄉音

老人家的口音完全聽不懂。

それは東北出身でない日本人でも同じですよ。

so.re.wa.to.o.ho.ku.shu.s.shi.n.de.na.i.ni.ho.n.ji.n.de.mo.o.na.ji.de.su.yo。

那個不是東北出身的日本人也一樣聽不懂喔！

125.

最多・盡可能

せいぜい
se i ze i

場 合

表達不管再怎麼做，
已經是極限了。

對 象

○朋友、晚輩
×長輩

POINT!

注意「せいぜいがんばったら。（你就盡最大的
努力試試看啊！）」的用法，則意指「以對方的
能力再怎麼努力也不會有好成果，但可以盡力去
做做看」，帶有「反正你再怎麼努力都做不來
吧！」的意思，最好避免使用。

常用短句

● 大(だい)ショック。大受打擊。
● いい勉強(べんきょう)になったよ。學到了教訓。
● 一生(いっしょう)の宝物(たからもの)にするよ！
　我會把它當成一輩子的寶物珍惜的。

♫ 249

昨日質屋にブランドのバッグを持って行ったら、
「せいぜい1000円程度」と言われて、大ショック。
ki.no.o.shi.chi.ya.ni.bu.ra.n.do.no.ba.g.gu.o.mo.t.te.i.t.ta.ra、
「se.i.ze.i.se.n.e.n.te.i.do」to.i.wa.re.te、da.i.sho.k.ku。

昨天我拿了名牌包包去當舖，對方卻說「最多值1000圓」，大受打擊。

本物じゃなかったんだね。
ho.n.mo.no.ja.na.ka.t.ta.n.da.ne。

因為不是真品吧！

インターネットのオークションで偽物をつかまされたの。
i.n.ta.a.ne.t.to.no.o.o.ku.sho.n.de.ni.se.mo.no.o.tsu.ka.ma.sa.re.ta.no。

在網路的拍賣上買到了仿冒品。

● オークション（auction）：拍賣

気をつけないと、怖いね。
ki.o.tsu.ke.na.i.to、ko.wa.i.ne。

不小心一點的話，很可怕呢！

いい勉強になったよ。
i.i.be.n.kyo.o.ni.na.t.ta.yo。

學到了教訓。

送老師禮物

♫ 250

 神田先生、これ、みんなで作った先生の像です。
ka.n.da.se.n.se.i、ko.re、mi.n.na.de.tsu.ku.t.ta.se.n.se.i.no.zo.o.de.su。

神田老師，這是大家一起做的老師的雕像。

 これは…。
ko.re.wa…。

這個是…。

 すみません。自分たちの力では、せいぜいその程度のものしかできなくて。
su.mi.ma.se.n。ji.bu.n.ta.chi.no.chi.ka.ra.de.wa、se.i.ze.i.so.no.te.i.do.no.mo.no.shi.ka.de.ki.na.ku.te。

不好意思，以我們的能力只能夠做出這樣的東西。

 いや、これはすばらしい前衛芸術じゃないか！一生の宝物にするよ！
i.ya、ko.re.wa.su.ba.ra.shi.i.ze.n.e.i.ge.i.ju.tsu.ja.na.i.ka！i.s.sho.o.no.ta.ka.ra.mo.no.ni.su.ru.yo！

不，這是很棒的前衛藝術啊！我會把它當成一輩子的寶物珍惜的。

MEMO

日本人每天必説的125句 / 林崎惠美, 山本峰規子著.
-- 三版. -- 臺北市：笛藤出版, 2021.11
　　面；　　公分
ISBN 978-957-710-838-8(平裝)

1.日語 2.會話 3.漫畫

803.188　　　　　　　　　　110018475

清晰四格漫畫版

附
中日發音音檔
QR Code

日本人
每天必説的
125句

2023年11月27日　三版2刷　定價400元

著　　　者　林崎惠美·山本峰規子
總 編 輯　洪季楨
編　　　輯　詹雅惠·林雅莉·洪儀庭·葉雯婷·陳亭安
插　　　畫　山本峰規子
內頁設計　王舒玗
封面設計　王舒玗
編輯企劃　笛藤出版
發 行 所　八方出版股份有限公司
發 行 人　林建仲
地　　　址　台北市中山區長安東路二段171號3樓3室
電　　　話　(02) 2777-3682
傳　　　真　(02) 2777-3672
總 經 銷　聯合發行股份有限公司
地　　　址　新北市新店區寶橋路235巷6弄6號2樓
電　　　話　(02) 2917-8022 · (02) 2917-8042
製 版 廠　造極彩色印刷製版股份有限公司
地　　　址　新北市中和區中山路二段380巷7號1樓
電　　　話　(02) 2240-0333 · (02) 2248-3904
印 刷 廠　皇甫彩藝印刷股份有限公司
地　　　址　新北市中和區中正路988巷10號
電　　　話　(02) 3234-5871
郵撥帳戶　八方出版股份有限公司
郵撥帳號　19809050